彩雲国物語

紅梅は夜に香る

雪乃紗衣

14376

角川ビーンズ文庫

目次

彩雲国物語
紅梅は夜に香る

ものがたり

◆貧乏お嬢様の秀麗は、彩八州から成る彩雲国の若き国王・紫劉輝の教育係として後宮に入ることに。

◆秀麗の王様改造計画は成功。心を入れ替えた劉輝のもと、女性の受験を認めた官吏登用試験が開始。好成績で合格した秀麗は初の女性官吏となる。

◆初の赴任先・茶州で様々な出来事を経験し、官吏として、人として、大事なことを学んだ秀麗。しかし王都に戻った秀麗は、厳しい処分を告げられて!?

彩雲国組織図

ここに表したものは概略図です

[　　]…人名

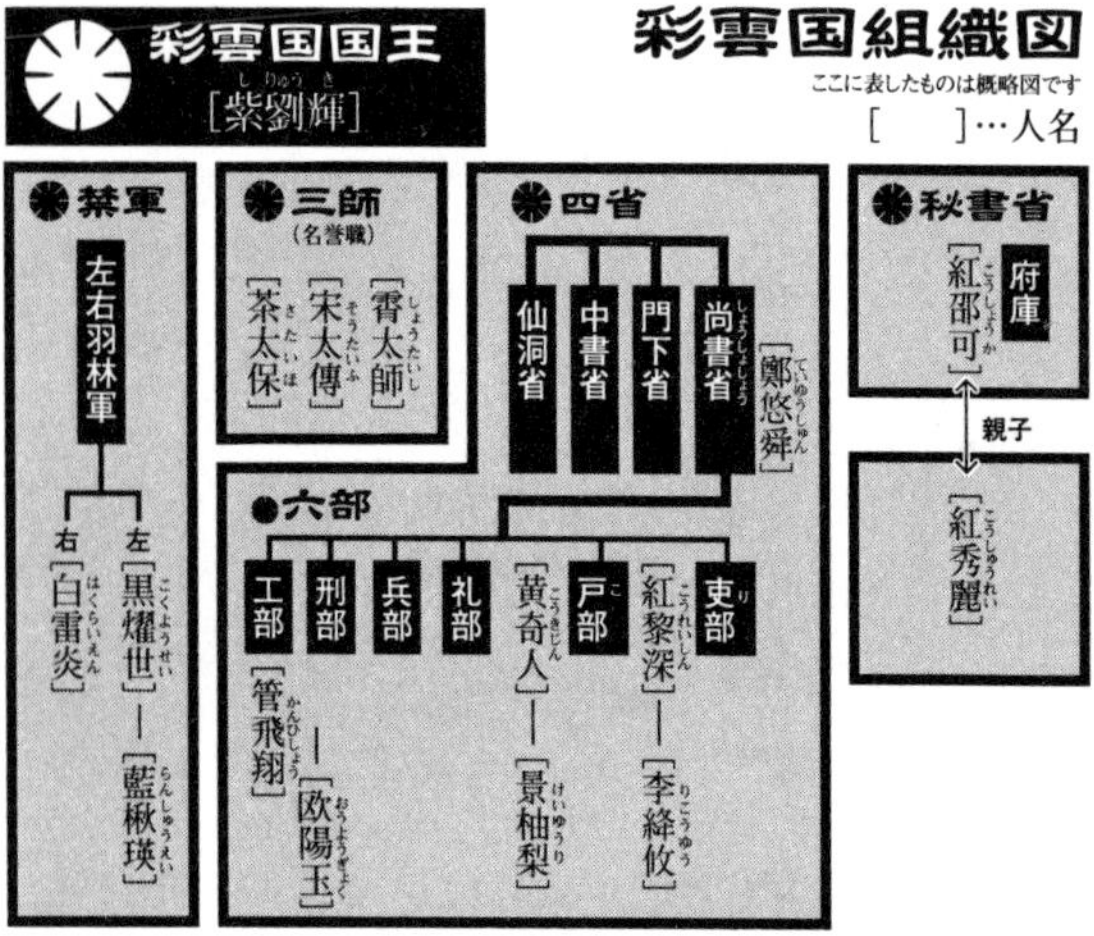

鄭悠舜(ていゆうしゅん)……… 長年、茶州で州牧を支えてきた有能な文官。

欧陽玉(おうようぎょく)……… 工部侍郎。抜群の感性を持つ洒落もの。

碧珀明(へきはくめい)……… 秀麗の同期で、吏部所属。まっすぐな性格。

柴　凜(さいりん)……………… 悠舜の妻。凄腕の商人であり、発明家でもある。

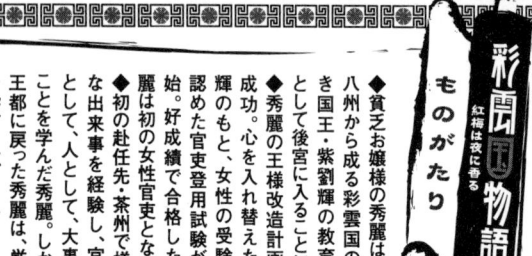

紅秀麗《こう しゅうれい》

名門・紅家のお嬢様。
貧乏暮らしのおかげで庶民派のしっかり者に育った。

紫劉輝《しりゅうき》

彩雲国国王。秀麗に片想い。
昏君（ばかとの）のフリをしていたが、賢君になるため努力中。

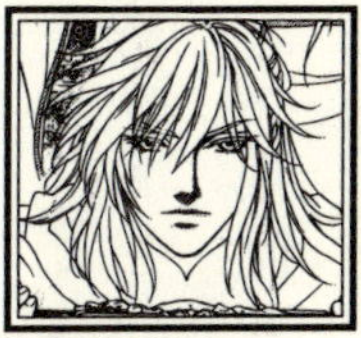

茈静蘭《しせいらん》

紅家に仕える家人。
秀麗のお守り役でもある。
過去を捨てて生きる青年。

李絳攸《りこうゆう》

文官。吏部侍郎。
紅黎深の部下にして養い子。
秀才だが、天才的な方向音痴。

紅邵可《こう しょうか》

秀麗の父親。好人物だが、
家計に無頓着で家事が苦手。
実は隠された過去が……。

藍楸瑛《らん しゅうえい》

羽林軍将軍。
名門・藍家の出身。同期の絳攸とはくされ縁。

紅黎深《こう れいしん》

秀麗の父・邵可の弟。吏部尚書。兄と姪をこよなく愛する。

胡蝶《こちょう》

高級妓楼で一番人気の妓女。
秀麗のお姉さん的存在。

イラスト／由羅カイリ

本文イラスト／由羅　カイリ

子供を優《やさ》しくなだめるような、さやかな吐息《といき》が床《ゆか》にこぼれた。

「……本当に、私でよろしいのですね？」

「そなたがいい」

迷いのないその響《ひび》きをかみしめるように、悠舜《ゆうしゅん》は瞑目《めいもく》した。

次いで彼の唇《くちびる》からこぼれた微笑《ほほえ》みは、思わず劉輝《りゅうき》がドキリとするほど優しかった。

「では主上、ひとつ、お願いをきいていただいてもよろしいでしょうか——……？」

・❋・❋・

コツ、コツ、と沓音《くつおと》とは違《ちが》う小さな音が谺《こだま》する。人柄《ひとがら》をあらわすかのように、杖《つえ》の音は春の雨だれのようにゆっくりと響き、やがて玉座に至る階《きざはし》の少し手前で止まった。

そこには、王と向かい合うように小さな椅子《いす》がひとつ、置いてあった。

両脇《りょうわき》にズラリと居並ぶ重臣たちの眼差《まなざ》しを水のように受け入れ、彼は本来なら跪拝《きはい》以外許されないその場所で、ためらわずに椅子に腰《こし》をおろした。

「鄭《てい》悠舜」

王の声に、悠舜は椅子に座ったまま両の手を組み合わせ、軽く頭《こうべ》を垂れた。

「茶《さ》州での功績を鑑《かんが》み、そなたを尚書《しょうしょ》省尚書令に叙《じょ》し、以《もっ》て一の宰相《さいしょう》にしたい。どうか」

「条件を受けていただけますならば……」

その声があんまり穏《おだ》やかで優しかったので、その場の誰《だれ》もが彼が何を言ったのか、とっさにはわからなかった。

王自身も面食《く》らった。

「……条件？」

「はい」

悠舜はにっこりと微笑んだ。そしてついと指を折る。

「第一に、民《たみ》を治めるにあたり仁義を重視すること、第二に、むやみな戦《いくさ》を慎《つつし》むこと、第三に単に大貴族だからと権限ある地位につけないこと、第四に法にない官位を勝手に増やさないこと、第五に陛下のご威光《いこう》を笠《かさ》に着る者の不法を厳しく取り締《し》まること……」

やわらかな、けれどきっぱりした言葉がその場に並ぶ重臣たちに響きわたる。

霄太師《しょうたいし》は面白《おもしろ》そうに口の端《は》をゆるめ、宋太傅《そうたいふ》は口笛を吹《ふ》きそうな顔をした。

「第六に、賄賂《わいろ》の途《みち》を塞《ふさ》ぐこと、第七に税金による道寺《てら》や離宮《りきゅう》など無駄《むだ》な造営《ぐう》をしないこと、第八に君臣の礼を明らかにするとともに、臣下に対して礼をもって遇することと、第九に諫言《かんげん》の途を広くひらくこと、第十にこの先、陛下のご婚姻《こんいん》に際してできるであろう外戚《がいせき》の政事介入《かいにゅう》を決して許さないこと……」

悠舜の十の指がすべて折られた。

「――以上十箇条《かじょう》、お約束いただけますなら、尚書令の位、伏《ふ》して拝し奉《たてまつ》りましょう」

ざわりと、その場が揺《ゆ》れた。

紅黎深《こうれいしん》がパラリと扇《おうぎ》をひらき、黄奇人《こうきじん》が仮面の裏で呆《あき》れたように嘆息《たんそく》した。

「……悠舜め、やったな……」

「ちっ、甘やかして。あんな洟垂《はなた》れ小僧《こぞう》、悠舜がかばう必要などないんだ」

面白くなさそうに黎深がぶつくさ呟《つぶや》いた。

「誰もやらないから悠舜がやったんだろう。今の李絳攸《りこうゆう》や藍楸瑛《らんしゅうえい》にはできない芸当だ」

チラリと黄尚書が向けた視線の先で、絳攸と楸瑛が酢を呑《の》んだような顔をしている。

先王と違い、即位《そくい》以来どこか呑気《のんき》な王の雰囲気《ふんいき》に誤魔化《ごまか》されてきたが、女人《にょにん》国試や茶州州牧の一件など、若い王が要所要所で独断専行をしてきたのは事実だ。それが、茶州の疫《えき》で押し通した数々の無茶で一気に表面化した。特に貴族連中の反発は水面下でひそかに高まっている。

けれど、今の「条件」により、王の考えは悠舜の考えにすり替《か》えられた。不遜《ふそん》とも言える提示をすることで、王に対する矛先《ほこさき》は今後すべて悠舜に向けられることになる。

他武官とともに隅《すみ》に控《ひか》えていた静蘭《せいらん》が、睫毛《まつげ》をおろし、安堵《あんど》したように小さく笑った。

「——……おのが身と引き換《か》えに絶対の忠誠を誓《ちか》うというのは、本来ああいうことだ」

最後はいつも一人で立っていた王。けれど、今ようやくその手に『楯《たて》』を得る。

王は何かを想《おも》うように目を閉じた。微《かす》かにうつむき、拳《こぶし》を握《にぎ》る。

どうして、彼がわざわざ『朝廷《ちょうてい》百官がそろう場で』任命をと『願った』のか。

——王とは、一人きりで頑張《がんば》るものだと、思っていた。まさか、こんなことをしてもらえるとは思ってもいなかったから。劉輝は許しを出すまでに、少し、かかった。

「……約束、しよう」

少し震《ふる》えてかすれた声に、悠舜はおっとりと微笑んだ。下官がうやうやしく進み出《い》で、掲《かか》げた漆塗《うるしぬ》りの盆《ぼん》から、真っ白な羽扇《うせん》をすくいあげる。柄《え》に結ばれた組紐《くみひも》は、紫《むらさき》の禁色と七の準禁色すべてが絡《から》み合う。それは、王より国を任された者にのみ許される相国《しょうこく》の証《あかし》。

「では、お引き受けいたしましょう、我が君。尚書令及《およ》び宰相位、謹《つつし》んで拝命いたします」

――このとき悠舜が出した十の条件は、のちに『鄭君十条』と呼ばれ、劉輝治世の基本理念となる。また、後世『最上治』と渾名《あだな》される劉輝治世を支えることになる名宰相たちのうち、最初の一人を得た瞬間《しゅんかん》でもあった。

序章

秀麗《しゅうれい》はひとつひとつの衣《ころも》に、綺麗《きれい》に火熨斗《ひのし》を当てていった。人肌《ひとはだ》ほどに温度がさがってくると、丁寧《ていねい》にきちんとたたんでいく。そして、すべての官服を衣装葛籠《いしょうつづら》にしまいこみ、いちばん上に〝蕾《つぼみ》〟の簪《かんざし》をそっと置いた。簪の重みに、官服の上に敷《し》いた薄紙《うすがみ》が微かに沈《しず》むのを、じっと見つめる。登殿《とうでん》さえ禁じられた今、秀麗はこの官服を着る資格さえない。

睫毛を降ろして、瞑目《めいもく》する。

その一瞬、少しだけ瞳《ひとみ》が揺れた。

——自分がしたことに、何一つ、後悔《こうかい》などない。それだけは胸を張って言える。

……けれど。

(だめ)

その先にわき上がりそうになる感情を、息を吸ってのみこむ。さあ、もう一度、最初から。

顔を上げて。

「——さて、と。謹慎《きんしん》が解けるまで、なにかできること、やっとかないとね」

秀麗は葛籠の蓋《ふた》を閉めて、腕《うで》まくりをしながら立ち上がった。

胡蝶《こちょう》はその日、少ない睡眠《すいみん》時間のせいで抜《ぬ》けきれていない疲労《ひろう》に眉《まゆ》をひそめつつ、いつもより念入りに髪《かみ》とお肌の手入れをした。適当な薄《うす》ものを引っかけ、何気なく階下に降りていくと、ちょうど大旦那《おおだんな》が何かを抱《かか》えてホクホクしているところに出くわした。

「おや、おはよう胡蝶。昨日も遅《おそ》くまで例の変わったお客に付き合っていたのかい？」

「いや、昨日は親分連の会合に出てたのさ。ちょいと目を使いすぎたらしい。目が冴《さ》えちまって眠《ねむ》れなくってねぇ……」

「目？　会合でかね？」

「そう。それより大旦那、画商に画《え》を売るとかいってたじゃないか。そのご満悦《まんえつ》を見ると、売るんじゃなくて逆に何か買ったね？」

胡蝶が話を誤魔化しても、大旦那は気を悪くしたりはしなかった。大旦那が妓女連《ぎじょれん》を束ねる女親分を妓女にもつのは胡蝶が初めてではない。

「いやいや、画はちゃんと売ったよ。でもついね、別な画も買ってしまったんだよね」

もともと美術品や骨董品《こっとうひん》集めが好きな大旦那だったが、コッソリ独り占《じ》めするのではなく、惜《お》しげなく姮娥楼《こうがろう》に飾《かざ》って喜ぶ度量があるのが彼のいいところだった。小さな壺《つぼ》一つに庶民《しょみん》が一生遊んで暮らせる額をポンと払《はら》ったりするが、胡蝶の知る限りどれも値段に見合う価値があったし、いつも徹底《てってい》的に吟味《ぎんみ》してむやみに買い集めたりもしない。姮娥楼が長年貴陽《きよう》一の妓楼と称《たた》えられているのには、あちこちを美しく彩《いろど》る大旦那の趣味《しゅみ》の良さも多分にある。

「まだ無名の新人なんだけれどね、見た瞬間、ここまでビビッときたのは、本当に久しぶりだったんだ。まだ筆に少し迷いがあるけれど、絶対に大物になる……！」

きらきらと目を輝《かがや》かせる大旦那は、まるで子供のようで、胡蝶は少し苦笑《くしょう》した。

「大旦那がそう言うなら、間違《まちが》いないだろうね。雅号《がごう》はなんていうんだい？」

「それがね、落款《らっかん》がないんだよ。そこに付け込んで値切って安く買い叩《たた》いたのだけれど、落款なんかなくても構わないよ。いつもどおり、何日か一人で楽しんだら、ちゃんと店に飾るから、楽しみにしてておくれ」

大旦那はルンルンとした足取りで、巻物を大事そうに抱えて自室に行ったのだった。

・❋・❋・

「――例のものは、これと、これです」

とん、とん、と柴凜《さいりん》はまるで手妻のように二つの物品をそれぞれ劉輝の前に並べた。

執務室《しつむしつ》には、柴凜と劉輝の他《ほか》、悠舜と絳攸、楸瑛が顔をそろえていた。

一つは巻物。もう一つはキラキラと輝く貨幣《かへい》が一枚。

劉輝、絳攸、楸瑛が難しい顔をするなか、悠舜は別段顔色も変えずに柴凜に訊《き》いた。

「……凜、全商連でできるかぎり情報を抑《おさ》えられますか？」

「いたしましょう。幸い、公孫殿《こうそんどの》は話せばわかる御方《おかた》ですので」

「ではお願いします。――凜、ここから先は申し訳ありませんが、ご遠慮《えんりょ》下さい」

柴凜は頷《うなず》いて退出した。

「さて、主上も、宰相会議でいきなり議案に出したりなさらないでくださいね」

その意味に気づいた絳攸は眉を跳《は》ね上げた。

「……ということは、黄尚書《しょうしょ》にも伝えないおつもりですか？」

「ええ、しばらくは。皆《みな》さんも内密にしてください。ちょっと他に思うところがあるものですから……。それに、すでに御史台《ぎょしだい》が動いているようですので、少し様子を見ましょう」

監査《かんさ》を担当する部署・御史台の名に、劉輝たちの顔つきが引き締《し》まった。

「……悠舜殿、何か考えが？」

「そうですね……主上もご即位《そくい》から四年目になりますから、そろそろ名だたる画師にでも、肖《しょう》像画《ぞうが》なぞ一幅描《いっぷくえが》かせてはいかがでしょう。翰林院図画《かんりんいんと》局《が》からも要請《ようせい》がきておりますし」

さすがに若者組の目がそろって点になった。……画？

悠舜は羽扇で口元を覆《おお》うようにしながら、目元を微笑《ほほえ》ませた。

「実は、妻の極秘《ごくひ》情報によると、あの碧幽谷《へきゆうこく》が貴陽近辺にいらしてるらしいのです」

「え!?　碧幽谷が貴陽にきてるんですか!?」

楸瑛は思わず声を上げた。

碧幽谷は若手ながらその芸才はすでに多方面に広く知られ、特に画に関しては当代随一《ずいいち》との名声を恣《ほしいまま》にしている天才画師である。劉輝や絳攸も何度か見たが、まさに筆舌《ひつぜつ》に尽《つ》くしがたい、魂《たましい》が吸い込まれそうな絶美の世界を描《えが》く。しかし、当の碧幽谷が表に出てくることはなく、碧家もなぜか一切《いっさい》の情報を伏《ふ》せている謎《なぞ》の存在でもある。

「良い機会です。ぜひ捜《さが》して、丁重《ていちょう》に城に招聘《しょうへい》して、お仕事をしていただけたら、と」

劉輝と絳攸は首を捻《ひね》った。まだ悠舜の言わんとすることがわからない。なぜいきなり画。

「ああ……余も千年に一人の逸材《いつざい》だと思うが、肖像画をといっても確か彼は……――あ！」

「そういうことか！」

「なるほどね……」

「いかがでしょうか？　ぜひ、一世一代の大作を物《もの》していただきたいと思うのですが」

とぼけた様子で訊く悠舜に、劉輝はえへんえへんと妙《みょう》な咳払《せきばら》いをした。

「う、うむ。そうだな。ぜひ！　何が何でもお仕事の依頼《いらい》をしたいものだ。余も今が旬《しゅん》だし。もちろん肖像画の依頼ではあっても、たまには、幽谷殿も画ではないものもつくってみたくなったりするかもしれぬし。余も画以外の幽谷殿の作品をぜひ見てみたいと思う！」

「そうですねぇ。画以外でも実はずば抜けて多才というのは、あまり知られてませんからね。私もぜひ見たいですね。なんでも碧幽谷は常に所在不明でふらふらっとどこぞへ行ってしまうようですから、私も内々かつ早急《さっきゅう》に手勢を割《さ》いて情報を集めます」

「よし。吏部《りぶ》にも碧家の人間がいるから、俺も何か知らないか吐《は》かせ――訊いてみることにする。まあ、金物屋の値段があがるまでには何が何でもとっ捕《つか》まえ――依頼したいからな」

まるで満点をとった子供を褒《ほ》めるようににっこり笑った悠舜に、楸瑛は苦笑いした。

「……悠舜殿を十年も配下にしていた燕青殿《えんせいどの》は、タダモノじゃあないな……」

絳攸も深々と頷いた。——さすが黎深様のご友人だ。


城の一郭《いっかく》、政事堂と呼ばれる場所で宰相会議は行われる。碧幽谷の話のあと、政事堂に登殿した悠舜はまるで十年前から居たかのように、王の左隣《ひだりどなり》で滞《とどこお》りなく案件をさばいていく。

「……では、高齢のため退官なさった翰林院《かんりんいん》長官後任の件は当面保留ということでよろしいですね。文学・書芸・図画など芸術各局を司《つかさど》る長官職ですから、やはり碧家に打診《だしん》した結果を鑑《かんが》みてから、再考することにいたしましょう。では、本日の案件はこれですべて……」

宰相会議に出席できる資格をもつ官位は複数ある。ただし、空位の官や仙洞《せんとう》省長官のようにある特別の理由から常駐《じょうちゅう》の官位ではないものもあるため、常に全員がそろうわけではないし、次官がその任を補ったり、議案によっては他の官吏たちも出席したりする。また、名誉《めいよ》官位である朝廷《ちょうてい》三師三公の席が埋《う》まっていれば、その六人も宰相会議に出席する資格を持つ。

「あいや、お待ち下されい！」

終了間際《しゅうりょうまぎわ》、すかさずビシッと手を挙げた白髪《はくはつ》の老人に、劉輝はギクリとした。

非常駐の仙洞令君のかわりに次官・仙洞令尹《れいいん》として実質上仙洞省を束ねているその老官吏は、背は低く、今も一生懸命《いっしょうけんめい》立って背伸《せの》びしているのに劉輝の胸にも届かない。眉毛《まゆげ》も髭《ひげ》も雪のように真っ白でモコモコで、目と口が埋もれている。現役最高齢官吏《げんえきさいこうれいかんり》櫂瑜《かいゆ》より年下なのは確かだが、彼のほうが百歳ほど年上に見える。劉輝など、彼が小さな姿でちょこちょこ歩く様を見るたび、愛玩《あいがん》小動物を見ているようで、思わずていっと捕まえたくなる衝動《しょうどう》に駆《か》られる。

が、ここ半年ほど、彼――羽令尹《うれいいん》から逃《に》げ回っているのは劉輝のほうであった。

仙洞省の主な仕事は、仙学《せんがく》・天文・暦《こよみ》・気象学・占星《せんせい》などだが、いちばん大事なのは――。

「――劉輝様の結婚《けっこん》問題が残っておりますじゃ！」

元気いっぱいに羽官吏が叫《さけ》んだ瞬間《しゅんかん》、劉輝は問答無用で逃げた。

「あっ、お待ちくださりませ陛下ぁあああ」

羽官吏も負けじと追いかけた。王家及《およ》び主要大貴族の婚姻《こんいん》を司る仙洞省の実質上の長として、去年からこっち、羽官吏は仙洞省のヨボヨボ官吏を引きつれて劉輝を追いかけ回していた。

「男子《だんじ》たるもの嫁御《よめご》をもたないと一人前にござりませんのですじゃあああ」

遠ざかる羽官吏の声が尾《お》を引いて回廊《かいろう》に響《ひび》き渡《わた》るのが聞こえた。

きぃきぃと扉《とびら》が寂《さび》しげに閉まったなか、宋太傅と霄太師はこめかみをかいた。

「……仙洞省で年がら年中本に囲まれてる割には、足腰《あしこし》が丈夫《じょうぶ》なんだよな羽羽殿《ううどの》は……」

「……あれでわしらよりずっと年上なんじゃがのー……」

姓《せい》も羽、名も羽。あまりの外見的フカフカ可愛《かわい》さに、女官《にょかん》たちにひそかに「うーさま」などと愛称《あいしょう》で呼ばれ、櫂瑜とは別の意味で人気があることを知らないのは当の本人だけである。最高大官の一人かつ、高齢の長老でありながらそこまで親しみをもたれるのは彼以外にない。

悠舜が苦笑しつつ、そばの杖《つえ》をつかもうとすると、門下省長官と目があった。

「……鄭尚書令」

「はい」

「先日の主上に対する例の条件だが――」

そのとき、さっき劉輝が出て行った扉が、吹《ふ》っ飛ぶかと思う勢いでもう一度ひらいた。

「――忘れ物をした」

戻《もど》ってきた劉輝は室を突《つ》っ切り、『忘れ物』悠舜を肩《かた》に担《かつ》ぎ、またまた扉からでていった。

どこか遠くで、羽官吏の「嫁御をぉおおお」という悲しげな声が聞こえた。

「気に入りませんな……」

王と悠舜が消えた室で、門下省長官・旺季《おうき》が呟《つぶや》いた。

霄太師と宋太傅が視線をやれば、もうすぐ六十に手が届こうという彼は、綺麗《きれい》にたくわえられた短い口髭に、威風堂々《いふうどうどう》とした雰囲気《ふんいき》をもち、両老師にも物怖《ものお》じしない。

「先王陛下の御代《みよ》にて、数多《あまた》の名家が無為《むい》に滅《ほろ》ぼされ、また没落《ぼつらく》に追い込まれました。門下省には、そんな不遇《ふぐう》をかこった貴族がごまんといる。私の副官もそうです」

貴族の牙城《がじょう》と言われる門下省長官・旺季は、チラリと宋太傅を見た。宋太傅はその眼差《まなざ》しを静かに受け止めた。彼が将軍として多くの貴族を滅ぼしてきたのは、紛《まぎ》れもない事実だった。

「それに比べれば、七家と縹《ひょう》家はすべからく直系の血を残すことを許された」

例外は茶鴛洵《さえんじゅん》・縹英姫《ひょうえいき》の婚姻くらいだが、鴛洵の弟がその前に茶本家の娘《むすめ》を娶《めと》っており、さらに息子《むすこ》も同じく直系の娘を迎《むか》えて血を継《つ》いだ。茶克洵《こくじゅん》の当主就任が認められた裏には、彼が祖母・母を通して直系の血をもっとも色濃《いろこ》く引いていたからという点も大きい。

「七家と縹家は、他家と違《ちが》って優遇《ゆうぐう》されすぎている……そうは思われませぬか」

霄太師は首をすくめただけで答えなかった。もとより旺季《おうき》も返事を期待してはいなかったらしく、眉《まゆ》を動かさずに王と悠舜が出て行った扉の向こうに首《こうべ》を巡《めぐ》らせた。

旺季は立ち上がると、退出のために室を横切った。

「主上は、先王陛下とは違うと期待しておりましたが……やはり血は争えぬのでしょうかな。陛下が、即位《そくい》以来たった数年で、私たち門下省の諫言《かんげん》を無視して断行した政策の数々……いかに鄭悠舜を楯《たて》にかわそうと、門下省の長である私が忘れるわけには参りますまい」

「……旺季殿《どの》。それでも貴族は、一般庶民《いっぱんしょみん》よりはるかに優遇されているとは思われぬかの」

なにげない調子で声をかけた霄太師に、退出寸前だった旺長官は視線だけを投げた。

「――当然ですな。目に見える形で身分制をわからせなくば、民《たみ》を従えられませんゆえ」

誰《だれ》もいなくなった室で、宋太傅は硬《かた》い髪質《かみしつ》の頭をわしわしとかきやった。

「俺もお前も、旺季みたいな生粋《きっすい》のお貴族様じゃないからな。旺家は紫《し》門四家の一つだったか」

「そうじゃ。今の工部侍郎《じろう》の欧陽《おうよう》家も碧門四家の一つじゃな」

蒼玄王《そうげんおう》の御代から脈々と続く彩《さい》八家。けれどそれも、各家それぞれにその繁栄《はんえい》を支え、輔《たす》けてきた者たちがあればこそだ。時代に応じてめまぐるしく入れ替《か》わりはあるが、その功績を特別に認められた一族は門家筋と呼ばれ、七家及び縹家に次ぐ名門とされてきた。

ただし、旺季の言葉通り、先王の時代に名門貴族の多くが滅亡《めつぼう》、もしくはしばらく再起不能に叩《たた》き潰《つぶ》されたため、生き残った門家筋の貴族も少数をのぞいて以前ほどの勢力はない。

それらの戦《いくさ》を命じた先王や霄太師に、宋太傅はよほどでない限り何も訊《き》かずに従ってきた。

「……宋、お前は、昔っから、何も訊かないな」

「お前や鴛洵が考えることを俺が訊いてどうする。俺のすることは昔から変わらない」

殺す者はいつか誰かに殺される。宋太傅は自分が床《とこ》で死ねるとは今も思っていないし、そのつもりもない。鴛洵が最後まで信念を貫《つらぬ》き通したように、自分の死に方もとうに決めてある。

いつか必ずくるであろう、そのときのために、宋太傅は城にいるにすぎない。

「霄……しゃしゃりでしゃばるのはいかんが、ヒヨッコどもが万策尽《ばんさくつ》きていつか最後の最後にお前を頼《たよ》ってきたら、意地悪しねぇで助けてやれよ？」

まるで遺言《ゆいごん》のような言葉に、霄太師の眦《まなじり》が僅《わず》かに歪《ゆが》んだ。

宋隼凱《そうしゅんがい》は馬鹿《ばか》ではない。どうして自分や鴛洵や先王が多くの貴族を滅ぼし、叩き潰してきたのか。国試制を導入したことの意味を。自分たちが始めたことを、王や鄭悠舜が引き継ごうとしている。けれど見据《みす》えた未来に辿《たど》り着くまでに、起こりうることを宋はわかっている。

紅秀麗を貴妃《きひ》に据《す》えて以来、ほとんど動かない自分の迷いさえ――。

「……私に、指図するなこの剣術《けんじゅつ》バカ」

だから、ただそれだけを呟いた。まるで子供の癇癪《かんしゃく》のように。

かつては冷然とすべてを一瞥《いちべつ》してきた自分の世界が、いつのまに身動きの仕方さえわからないほどぐちゃぐちゃと複雑になったのか、霄太師はわかりたくもなかった。

彼は短い口髭を撫《な》でながら、手に入れたばかりの画《え》に満足げにニンマリした。

「息子よ」

彼の息子は一応官吏《かんり》だったが、今日も今日とて登城する気配もなく、邸《やしき》でゴロゴロしている。たまにおめかしして出かけるときもあるが、まず間違いなく仕事でなく遊びに行く支度《したく》だ。金で官位を買ってやっただけなので、登城しても別にたいした仕事はないのだろう。

「暇《ひま》ならぜひやってもらいたいことがある」

それまで、組んだ両足で卓子《たくし》を押し、椅子《いす》の脚《あし》を浮《う》かせてぶらぶらさせ、自ら揺《ゆ》り椅子をつくる努力をしつつ口を開けて寝《ね》ていた息子が、ちょっと顔をあげて彼を見た。

「……やってもらいたいことぉ？」

「まあ、簡単に言えばある娘をたぶらかして結婚にまでもちこめということらしい」

「らしいって、ナニ、親父《おやじ》、誰かお偉《えら》いサンからそー言われたわけ？」

「うむ」

「へーえ」

隣《となり》の塀《へい》が吹っ飛んだ、といっても同じ返事がかえってくるくらい適当な声であった。

「お前、今好きな娘さんとか、別にいなかろう。文《ふみ》も書かなけりゃ、逢瀬《おうせ》にも行ってる様子もないことくらい、お父さん知ってるぞ」

「な、なんで知ってるんだよ。仙人《せんにん》かよ」

「そりゃ、日がな一日ゴロゴロしているのを見れば誰でもわかる」

「……つーか、相手誰なわけ？　たぶらかせってことは、うちより格上の貴族なんだろ？」

「超格《ちょう》上だ。雲の上だ。なんたって紅家の娘だからな」

一拍《いっぱく》。息子は椅子を揺らしていた足をすべらせ、豪快《ごうかい》に椅子ごとひっくりかえった。

「もしかしなくても例の女官吏のことかよ⁉　絶対いやだね！」

「まあそこをなんとか。結婚して気に入らなければ離縁《りえん》すればいいだろう」

「やだっつーの。言いたいことはわかるけどさー、あんな、毎回毎回なんか憑《ツ》いてんじゃねーのっていう急転直下型の人生わざわざ自分で選んで突っ走ってる女なんか冗談《じょうだん》じゃねぇ。山あり谷ありどころか谷谷谷《たにたにたに》でドンドコズンドコ危険地帯に飛ばされてさー。あんな女と一緒《いっしょ》になったら、気づいたら落石注意どころか鹿《しか》も熊《くま》も猪《いのしし》もツルッといくような奈落《ならく》の底にいて、落ちてきたシカ食うしかない崖《がけ》っぷち人生に決まってんだろ」

たまに自分の息子は賢《かしこ》いんじゃないかと父は思う。なんというわかりやすい説明だろう。

「う、うーむ。でもな、爵位《しゃくい》も上がるし禄《ろく》も上がるしツテも増えるし、何よりお金がたくさん入って、お前の官位も上がってえばれるよーになるんだぞ」

「……早い話、どっかのお偉いサンに金と爵位と引き換《か》えに俺の結婚を売ったってワケね」

「そのとおりだ息子。これがその娘《むすめ》の家の地図だ。まず行って一発ガツンと求婚《きゅうこん》してこい。娘となにがしかの約束を取り付けてくるまで、家の門をくぐることは許さんぞ！」

「マジかよ。面倒《めんどう》くせーなー……」

タラタラと立ち上がりながら、息子はぐるりと室《へや》を見渡《みわた》した。

「ところで親父、なんでこのごろこーゆーゲイジュッに急に目覚めちゃったわけ」

「フフフ、爵位が上がったときのために、頑張《がんば》って造詣《ぞうけい》を深めようと思ってな」

父はお気に入りのくるんと巻いた短い髭《ひげ》を撫で、得意そうに胸をそらした。

――タラタラした様子で家を出た息子は、門前にいたあやしい露天商《ろてんしょう》に声をかけられた。

「もしもしそこ行《ゆ》く色男さん。よッ、男前！」

迷わず足を止めた息子に、目深《まぶか》に覆《おお》いをしていた露天商は、口許《くちもと》だけでニヤッと笑った。

「とっておきの商品があるんですよ。どーぞどーぞ～。お時間はとらせませんよ～」

「でもなー、今からガツンと求婚に行かなきゃならないんだよなー」

「それこそ運命！　ガツンと求婚しに行くそんな男前なあなたにピッタリな商品がコチラ！」

男前というコトバに気をよくした息子は、ノコノコと露天商に近寄った。

「そぉ？　じゃ、ちょっとだけなー」

そうして息子は見事に露天商の口車に乗ってしまったのであった。

第一章　〇〇、申し込みます

劉輝はその夜、静蘭からそっと手渡された、差出人のない書翰《しょかん》を読んでいた。

そこには、以前劉輝が毎日のように届けていた文のような、たった一行。


——桜が咲《さ》くまで。


劉輝は何度も何度もその文字をさらった。何もかも奪《うば》い、謹慎《きんしん》に処した劉輝に、ただそのひと言だけを伝えた秀麗の、書かなかった心を余白からすくいあげるように。

目を閉じる。——誰が何と言おうと、自分の下した決断に後悔《こうかい》はない。

……けれど。

そのあとを打ち消すように頭《かぶり》を振《ふ》る。それは、王が言ってはいけない言葉だ。だから。

「……わかった」

そして、声には出さずに、つづきを呟《つぶや》く。

——桜が咲くまで、待っているから……。

「あ、胡蝶妓《ねえ》さんからの文！」

茶州から帰ってきてからほとんど日課になった、書翰の整理をしていた秀麗は、今日届いた文の中に胡蝶妓さんからの文を発見して、いそいそとあけた。

ちなみに邵可《しょうか》は家にいるのだが、静蘭は城に出仕していていない。今日は公休日なのだが、運悪く警衛の当番に当たってしまったらしい。

邵可は嬉《うれ》しそうな秀麗を見て、うながしてみた。

「何て書いてあるんだい、秀麗」

「落ち着いたら、会わせたい人がいるので遊びにおいで――って」

「おや、じゃあ今日も出かけることになりそうだね」

「そうね。今日は姮娥楼方面に行ってみるのもいいかもしれないわ」

邵可はチラリと庭院《にわ》のほうに視線をやった。正確には、さらにその先――秀麗が茶州から帰ってきてから、邵可邸《てい》のまわりをこそこそうろついている者たちを、だが。

「気をつけて、行っておいで。あんまり遅《おそ》くならないようにね」

邵可が何気なさを装《よそお》って微笑《ほほえ》んだとき、元気な声が門前から聞こえた。

「ごめーんくださーい」

そうして、以前道寺《てら》で勉強を教えていた柳晋《りゅうしん》が、ひょっこりと庭院から顔をのぞかせた。

「あら、柳晋。いらっしゃい。なぁに、今の時間に遊びにきてて大丈夫《だいじょうぶ》なの？」

「へーきだって。おわ、秀麗師《せんせい》、ナニこの文の量」

秀麗に会いにきた柳晋は、料紙の山に埋《う》もれるように座っている秀麗に唖然《あぜん》とした。

柳晋は積み上がった書翰を崩《くず》さないように、指先でそろそろと一つ一つつまんでいき、それぞれ中をのぞいてみた。なんだかんだ言いながらほとんど休まず道寺にきていた柳晋は、基本的な読み書きはちゃんとできるようになっている。

「……塩がちょっと高い……金物の質がちょっとワルイ……近所のダレソレが借金こさえて夜《よ》逃《に》げした……どこそこのドラ息子《むすこ》が働かなくて困ってるらしい……ってなんだよこれー……」

柳晋は床《ゆか》に座り込みながら、むっと口を尖《とが》らせた。

「なんだよなー。秀麗師はいまお休みだってのに、オトナってのはさー。なーんで自分のコトしか考えねーかなー」

「こら。そんなこと言わないの」

「でもさー、秀麗師、ナンデモ苦情相談係じゃねーだろ」

ちなみに街に出れば出たで必ず近所のおっちゃんやおばちゃんに世間話でとっつかまっているので、柳晋はなかなか秀麗と話せなくて、余計面白《おもしろ》くなかった。

「こんなん秀麗師一人でなんとかできるわけないじゃんなー。だって苦情って普通《ふつう》役所に言うんだろ？　えーと、貴陽だから紫州府、だったよな」

「そうそう。よく覚えてたわね、柳晋」

柳晋は嬉しそうに鼻の頭をこすった。背は伸《の》びたのに、そんな仕草は前のままだ。

「なのにみんな秀麗師に苦情いってどーすんだよな」

「いいのよ。普通州府まではよっぽどじゃないと行けないし」

「……あのなー、秀麗師のカキネが低すぎるからみんな甘えるんだぜ。官吏《かんり》になったのに親近感ありすぎ。他《ほか》の役人みたいにえばってりゃいいのに、前と同じ生活してんだもん」

普通なら一般人《いっぱんじん》は敬遠しがちな官吏だが、秀麗が茶州から帰ってきてからも相変わらずボロ邸《やしき》に住まい、しっかり裏の畑で春蒔《はるま》き野菜の種まきをしたり、同じく静蘭が崩れかけた土塀《どべい》や屋根の雨漏《あまも》り修理などしたりしている目撃《もくげき》情報が多数あったため、すっかり安心してしまったのだ。官吏という要素が加わったぶん、かなり気軽にお悩《なや》み相談にこられている。

「給料、めちゃめちゃもらったんじゃないのかよ。隙間風《すきまかぜ》くらい直ってると思ったのに」

「全部、学舎につぎこんできちゃったのよ」

「学舎？」

「そう。仕事で出かけたのが茶州ってとこだったんだけど、そこでね、大きな学舎をつくろうってことになってね。その建設にお金がかかるから、大見得きってお給料全額置いてきちゃったの。だから文無しで帰ってきたわけ」

「あーあ。相変わらずだな。ちっとくらい残しとくってどうしてできねーかな」

秀麗は返す言葉がなかった。しかしまさか柳晋から言われるとは思わなかった。

「じゃあそれが、なんかカッ飛んだことやってクビになりかけてキンシンチュウって理由？」

「ぐっ」

急所を見事一撃され、秀麗は頰《ほお》を引きつらせた。子供のなんと正直なことよ。いや——柳晋の伸びた背に、秀麗は笑った。もうそろそろ子供とは呼べないかもしれない。

「た、確かに謹慎中だけど、理由はそれとは違《ちが》うし、ま、まだクビにもなってないわ」

「すげーな秀麗師。じゃ、それ以上のぶっ飛んだことやらかしたんだ。かっこいいぜ」

「……………………。……………そ、そうね…………」

確かに今思い返せば相当むちゃくちゃをした。

柳晋はあぐらをかきながら、ちょっとうつむいた。

「なあ秀麗師、さっきの噓《うそ》」

「うん？」

「相変わらずカキネ低くて嬉《うれ》しかった」

変わってないことを確かめてくると他の子供たちに約束して、こっそり畑仕事を抜《ぬ》け出してきた甲斐《かい》があった。

「ちゃんとみんなの話を聞いてくれる師のままで、嬉しかったんだぜ」

「柳晋……」

「お帰り、秀麗師。俺さ、それがいちばん……嬉しい」

照れ隠《かく》しのぶっきらぼうな言葉が、ストンと素直《すなお》に心に響《ひび》いて、胸に沁《し》みた。

「ありがとう、柳晋」

「でもさ、クビじゃなくても今の師《せんせい》は官吏じゃないんだろ？　師《せんせい》これからナニするわけ？」

何気ないその言葉に、秀麗は小さく息を呑《の》み、その眼差《まなざ》しが少し、揺《ゆ》れた。

「そうねぇ……」

しばらく沈黙《ちんもく》した秀麗に、柳晋は首を傾《かし》げたあと、あることを思いだした。

「あ、そいやさっきの、茶州の学舎ってもしかしてさ——」

そのときだった。

「げっ！　柳晋お前畑仕事ほったらかして何やってんだ。親父さんが怒《おこ》って捜《さが》し回ってたぜ」

久々に聞く声に振り返り、秀麗は驚《おどろ》いた。

「あら三太《さんた》。どうしたの」

「いい加減、慶張《けいちょう》って呼べっていってんだろ……」

秀麗の幼なじみで王《おう》商家の三男坊《ぼう》が、庭先に立っていた。

「よぉ、久しぶり」

・❋・❋・

吏部に公休日などという言葉は存在しない。

敬愛する吏部侍郎《じろう》・李絳攸に個人的に呼び出されたとき、秀麗と同期及第《きゅうだい》の碧珀明《へきはくめい》は先輩《せんぱい》に淹《い》れていた茶を放《ほう》り出し、鬼《おに》先輩の怒声《どせい》も無視して速攻《そっこう》で呼び出しに応じた。が、喜び勇んで飛んでいった侍郎室で、絳攸の口から出た名に彼の頭は真っ白になった。

「へ、碧幽谷……ですか」

「そうだ。主上の頼《たの》みでな。内々に捜して早急に連絡《れんらく》を取りたいとのことなんだが、何せ一切《いっさい》の情報が伏《ふ》せられている謎《なぞ》の画師《えし》だ。顔かたちどころか年齢《ねんれい》もわからん。お前なら何か知ってるかと思ってな。どうだ」

「え、あ、は、はあ……」

珀明はしどろもどろに口ごもった。絳攸はその様子に片眉《かたまゆ》を跳《は》ね上げた。進士の折に珀明が提出してきた『官位及《およ》び職官の再編成』の論を見てから、さりげなく心にかけてきたが、いつも物怖《ものお》じせずズバズバものを言う彼とは明らかに様子が違う。

「どうした。お前の親戚《しんせき》なのは間違いないだろう」

「は、はい……まあ……」

「歳《とし》はいくつくらいのかたなんだ？　十年前には画壇《がだん》で脚光《きゃっこう》を浴びていたときくから、若くても三十から四十というところか」

「え、と、あの……」

「……。……碧幽谷というのは雅号《がごう》だな。本名はなんとおっしゃる？」

「え……ええと……ですね……」

さすがに絳攸は眦《まなじり》を険しくした。

「碧珀明、歯にものがはさまったような言い方は不愉快《ふゆかい》だ。ハッキリ答えろ」

もともと官吏としての李絳攸は、吏部尚書《しょうしょ》の片腕《かたうで》として名高い凄腕《すごうで》の能吏である。上司同様、公《おおやけ》の場ではほとんど感情を表さずに瞬時《しゅんじ》に決裁を下す怜悧《れいり》な切れ者として知られている。

ぴしゃりとした厳しい追及《ついきゅう》に、珀明も覚悟《かくご》を決めた。

「……では、碧家の者として答えさせていただきます」

呑まれないよう腹に力を込《こ》め、ぐっと顔を上げる。絳攸は心の中で感心した。この場で自分の目をまっすぐ見据《みす》えて顔を上げられる者は多くはない。

「碧幽谷に関するいかなる問いにも答えることはできません。不敬罪で処刑《しょけい》されることになっても、何もお教えすることはできません。これは碧一族の総意とお考え下さい」

きっぱりとした並々ならぬ気魄《きはく》に、絳攸は驚いた。

「……なんだ？　別にとって喰《く》おうというわけじゃないぞ」

「ま、まあ、確かにここまで完全に情報を遮断《しゃだん》するのは碧家としてもあまり例がないんですが……碧幽谷に関してはイロイロあって……」

珀明は何やらわざとらしく咳払《せきばら》いした。次いで、真面目《まじめ》な顔つきになった。

「……碧家は、芸能の一族です。昔から、書・楽・舞《まい》・工匠《こうしょう》……あらゆる技芸・芸能を守り、育ててきました。門外不出の秘伝、一子相伝の極意《ごくい》も多々あります。それを伝承するために、他家よりも閉鎖《へいさ》的なのは事実です。中央政事と距離《きょり》を置き、それでいて、世論操作や民意の洗脳のために、碧家は何度も王や他家に利用されてきました。それに抗《あらが》って、信念のもとに散っていった文人は数え切れません。だからこそその情報非開示なのです。もう、失うわけにはいきません。――碧幽谷自身が、碧一族が守るべき当代最高の『碧家の至宝』なんです」

「『碧宝』というやつか……」

国宝と同等、もしくはそれ以上の価値があるといわれる、碧一族の総意によって認定《にんてい》される至宝の文化財。多くは『モノ』にかけられるが、稀《まれ》に『人』にかけられることもある。

「碧家が守るのは、人の意思、です。誰の強制も許さずに、心を素直に表現できること、おかしいことはおかしいと言えること……『創《つく》り手』の心を守ることが碧家の誇《ほこ》りなんです」

一官吏ではなく、碧家の人間としての顔をした珀明に、絳攸はふと既視《きし》感を覚えた。そうだ……たまに、楸瑛が藍《らん》家のことを話すとき、同じような顔をする。

そして絳攸はようやく、彼が『なんのために』朝廷《ちょうてい》に入ったのかを理解した。

「そうか。だからお前は中央に入ったのか」

「……いくら守ろうとしても、きな臭《くさ》くなってから碧家ができることは少ないですから。結局、矛盾《むじゅん》しているんです。綺麗事《きれいごと》が大好きで、自分の意思《コトバ》を伝えることが大好きで、世論にいちばん敏感《びんかん》で、玉砕《ぎょくさい》上等で権力者に煙《けむ》たがられる作品を率先《そっせん》してガンガンつくりまくる文人墨客《ぶんじんぼっかく》を、どうやったって政事《まつりごと》から引き離《はな》すことはできないんです。だったら彼らを守るためには、政事からの乖離《かいり》ではなく、政事の最前線でコトが起こる前にくいとめる努力をするのが肝要《かんよう》だと、僕は思っています。幸か不幸か、僕にはさしたる芸才もありませんでしたし」

紫州にまで神童の聞こえ高かった珀明だが、碧家に言わせると「無芸」になるようだ。

珀明は両手を組み合わせ、謝罪の意をもって深々と頭を下げた。

「だからこそ、何もお答えできません。……特に、幽谷は近年、頓《とみ》に次期当主に指名される可能性が高くなってきましたから、余計碧家も慎重《しんちょう》になっているんです」

絳攸はちょっと驚《おどろ》いた。何も言えないといいながら、さりげなく情報を流してくれている。碧幽谷は当主を継《つ》げる、碧家直系の血筋なのだ。そして、それが珀明の精一杯《せいいっぱい》なのだろう。

「もとより、碧幽谷に依頼《いらい》をするときは、自分で頼みに行かなくては彼は決して受けません。幽谷が是《ぜ》と決めたことなら碧家も口出ししません。幽谷自身の言を借りるなら、『人に何かを頼むときは王でもなんでも自分の足で探して頭下げにくる誠意を見せろ』というわけで……」

「……なるほど。相当頑固《がんこ》な人らしいな……」

「でも、それはごく普通《ふつう》のことでしょう」

あっさりそう言った珀明に、絳攸は苦笑《くしょう》した。確かに、碧家の血は珀明にも脈々と受け継がれているようだ。彼の一本気で率直で曲がったことの嫌《きら》いな性格は、少年期特有のものではなく、そうあるべき土壌《どじょう》で育《はぐく》まれたものだったのだ。

「わかった。ではもう聞かないことにする。幸い、幽谷殿は貴陽近辺にいらしているという情報はつかんでいるから、あとは自力でなんとかしよう」

頭を下げかけた珀明は、ぎょっと顔を上げた。

「なんですって⁉　あ、あああのひとが、ここらへんまで来てる⁉」

「と、聞いたが」

「げっ！　マジですか⁉　ヤバい！　まずい！　しばらくはおとなしくそこらの山でもほっつき歩いてると思ってたのに！」

だいぶ語彙《ごい》が増えたな、と絳攸は内心憐憫《れんびん》とともに珀明を見下ろした。彼はまだ頑張《がんば》っているほうだと思っていたが、やはり確実に『悪鬼巣窟《あっきそうくつ》』吏部《りぶ》の鬼《おに》官吏に汚染《おせん》されている。

珀明はいつもは生真面目《きまじめ》な顔を青や赤にめまぐるしく変えていたが、やがて意を決したようにおそるおそる絳攸を見上げた。

「……こ、絳攸様……あの、しばらく、一身上の都合で休暇をもらいたいんですが……」

絳攸はしばらくそんな珀明を見下ろしていたが、冷然と切り捨てた。

「許さん。吏部はそんなに暇《ひま》じゃない。きりきり働くんだな。幽谷殿なら私たちが探しておいてやる。早く会いたいなら取引だ。なんでもいいから幽谷殿の情報を横流ししろ」

吏部尚書そっくりだ、と敗者・珀明はガックリとうなだれた。隙《すき》と見れば容赦《ようしゃ》なくついてくる。こんなことでは彼への尊敬はいささかも薄《うす》れないが、いまだに珀明は、秀麗や影月《えいげつ》がどうしてあんなに気安く絳攸と口を利《き》いたりできるのか、よくわからない。

李絳攸は悪鬼巣窟鬼官吏たちを束ねる、まぎれもない副頭目だというのに。

ふと、絳攸はポツリと呟《つぶや》いた。

「……一族のために官吏に、か」

・❋・❋・

サボりがばれた柳晋が慌《あわ》てて飛ぶように帰った後、慶張は包みからなにかを出した。

「画《え》？」

「そぉ。俺の叔父貴《おじき》がどっかで買ったらしーんだけどさ」

慶張が手にした巻物を広げると、見事な水墨画《すいぼくが》が現れた。

「もしぼったくられてたらコトだから、いくらくらいになるのかって、うちの親父《おやじ》にもちこんできたんだけど、うちだってタダの酒問屋じゃん」

「ただのって……全商連認定酒問屋じゃないの。よっぽどじゃないとなれないわよ」

慶張は褒《ほ》められてちょっと嬉《うれ》しそうな顔をしたが、巻物に視線を落とした。

「まーさ、酒の価値ならわかるけど、こーゆーのは門外漢なわけ。だからお前んとこにきたんだよ。一応名門だろ？　それに官吏になったんだから、なんかツテもできたろ」

「……あんたねぇ、質屋《しちや》で鑑定《かんてい》してもらえばすむことじゃないの。なんでわざわざ私のとこにもってくるの。このボロ邸《やしき》見れば、そんな芸術品とは無縁《むえん》てわかりそうなもんじゃない。まさかうちの父様が実は当代一の鑑定士に違《ちが》いないとか思ってるわけじゃないでしょ」

慶張はギクリと目を逸《そ》らした。そんなことは慶張だってわかっている。

「うっ……だから、その、お前に会いにくる、口実っていうか……」

「ん？　ナニ小声でもごもご言ってんのよ。はっきり言いなさいよ」

「……う、うるせー！　いいだろ別に！」

「まあ、いいけど」

秀麗は巻物を見ながらあっさり言った。確かにツテはなくもない。まず藍将軍や珀明の顔が浮《う》かぶ。それに頼《たの》めば欧陽侍郎《じろう》も鑑定してくれるかもしれない。けれど今の秀麗は登殿《とうでん》さえできないし、謹慎《きんしん》中の自分が彼らの邸を訪ねると迷惑《めいわく》になる。やはり――。

「……そうね、やっぱりここは胡蝶妓《ねえ》さんに頼むのがいちばんかしら」

「あ、そっか。胡蝶さんなら一発だな」

慶張は普通に納得《なっとく》した。古今東西の芸事に通じ、その卓越《たくえつ》した教養の高さは公主をも凌《しの》ぐと噂《うわさ》される絶世の美女。もともと姮娥楼自体が宝物館みたいなものでもある。

「ちょうど、胡蝶妓さんからも遊びにおいでって言われてたし。いいわ。引き受けてあげる。なんかわかったら、あとで連絡《れんらく》するわね」

「おわっ、ちょ、ちょっと待てって」

「なによ」

あっさり追い返されそうになり、慌てて慶張が袖《そで》をつかんだ。せっかく親父に頼み込んで画という口実をもらってきたのに、しおしお帰るわけにはいかない。

「この画はついでっていうかさ、ほ、本当はお前に話があってきたんだよ」

「話? なに?」

慶張はなぜか威儀《いぎ》を正すように背筋を伸《の》ばした。しかし視線はあちこちを泳いでいる。

「あのさ」

「うん」

「そのさ」

「……うん」

「えーっとさぁ」

「…………」

長くかかりそうだと踏《ふ》んだ秀麗は、書翰《しょかん》の整理を再開した。

気づいた慶張が怒《おこ》った。

「ちゃんと聞けよ！」

「話が始まったら聞くわよ。こそあど言葉しか言ってないじゃないの」

「うっ……焦《じ》らすなよ！　こういうのは心の準備が必要なんだよ！　人生の一大事なんだ！」

「わけわかんないわよあんた。まあ心の準備できたら言いなさい。それまで仕事してるから」

「仕事仕事って、お前、俺より仕事が大事なのかよ！」

「こそあど言葉よりは大事だわね」

必殺の切り札だった言葉なのにあっさり切り返された。しかも反論できない。

「くそぉ……うう、でもさ、ちゃんと言うから、ほんとマジで聞いてくれよ」

いつもとは違う様子に、秀麗は顔を上げた。

「……あのさ、俺もお前も、今年で十八になったわけだろ」

「……なんか一年前にも同じこと言ってなかった？」

「茶化すなよ。でさ、俺、な、お前、に、……………………………………」

秀麗は妙《みょう》に区切る話し方にも、長すぎる沈黙《ちんもく》にも、今度は辛抱《しんぼう》強く待った。

かこーん、と庭院《にわ》で風に吹《ふ》かれたのか、カラの桶《おけ》が転がって何かにぶつかる音がした。

クワックー、クワックゥ、となんだかよくわからない鳥の啼《な》き声も聞こえてきた。

タケノコ屋さんの「タッケノコ〜おいしいタ〜ケノコだよ〜」という売り声も聞こえた。

まだ慶張は無言。秀麗は根気強くさらに待った。

……まさか目を開けたまま寝《ね》てるのかと秀麗が本気で疑ったとき、いきなり顔を上げた。

「おわっ！　うわ、び、びっくりした……起きてたの。ものすごいタメたわね……」

秀麗ののけぞりにも、覚悟《かくご》を決めた慶張は動じなかった。彼は男らしく叫《さけ》んだ。

「俺！　今日はお前に申し込みに来たんだ！」

「……は？　何も受け付けてないわよ私」

秀麗は目を点にした。慶張はぎゃっと叫んで頭をかきむしった。

「げっ!!　大事なとこが抜《ぬ》けた！　申し込みって別に暑中見舞《みま》いとかじゃなくてだな！」

「……そりゃ『申し上げます』じゃないの」

「ぬあー！　漫才《まんざい》しにきたんじゃねーっつーの!!　申し込むってのは！」

つづきを言おうと慶張は真っ赤な顔で頑張《がんば》ったが、いちばん大事な言葉はどうしても出てこなかった。さっきので気力はすべて（無意味に）使い果たしたらしい。

ガックリと慶張は肩《かた》を落とした。

「……わりぃ、やっぱあとでいいや。俺も胡蝶さんとこに一緒《いっしょ》に行くよ」

「はぁ!?」

「あとで！　あとで絶対言うから！」

秀麗はさっぱり意味不明だったが、あのフラフラ落ち着きのなかった慶張が何やら真剣《しんけん》らしいことはわかったので、溜息《ためいき》をついて頷《うなず》いた。

「はいはい。あとでね。じゃ、ちょっと待ってて。書翰片付けて支度《したく》するから」

そうして支度を終えた秀麗は、出かける前に何かを確かめるように庭院の桜の木に寄った。

あとをついてきた慶張は首を傾《かし》げた。

「あれ、秀麗、お前んちこんなとこに桜なんてあったっけ？」

「一昨年《おととし》にね、もらったのよ。だからまだ小さいでしょ」

「じゃあ今年は咲《さ》かないだろ。なんで見てんの」

「ふふん、そう見えるでしょうけどねー。ちゃんと蕾《つぼみ》があるの」

秀麗はある一点を見つめた。

ふくらんでいる小さな蕾が、三つだけあることを知っている。

少しずつ少しずつ、ふくらみは大きくなって。秀麗はその時を待っている。

「咲いたら――……」

「咲いたら？」

秀麗は慶張を振《ふ》り返り、笑った。

「お花見とか、いいわよね。さ、行きましょう」

――そうして門を出た秀麗は、そばで邸を見上げていた一人の男に声をかけられた。

「……あー、あんた、紅秀麗だよな。朝廷《ちようてい》でたまーに見かけたことあるし」

「あ、はい。そうですけど……?」

朝廷で、ということは、官吏《かんり》のようだ。

けれど知らない顔に首を捻《ひね》ると、男はあっけらかんと言った。

「俺さー、あんたにガツンと結婚《けつこん》申し込んでこいって言われたんだけど」

秀麗は理解するのに相当かかった。そのうしろでは慶張が凍《こお》りついた。

「…………………………………………は?」

「……これでガツンと申し込んだことになるのかなー」

男は首を捻ったあと、思いだしたように包みから何かを取り出した。

「あー、忘れてた。じゃあ、これとこれね。順番間違えたけどいーよな。そんじゃ」

秀麗に何やら書翰を一通と、巻物をポンと手渡《てわた》すと、男は名前も言わず、凍りついている二人をその場に残してタラタラした足取りでどこぞに去っていったのだった。

「…………………………い、いまのは、なに…………?」

まったくわけがわからない。まるでタヌキに化かされたようだと思ったとき、秀麗はいちばん気になったことを思いだした。

——なぜ彼は、小脇《こわき》に金ぴかタヌキの置物を大事そうに抱《かか》えていたのだろう……。

・❋・❋・

「主上はいずこにおわしまする！　この羽羽を筆頭に仙洞《せんとう》省全官吏！　一命を賭《と》してでも職をまっとうする覚悟にございまするぞ！　えーい、嫁御《よめご》が怖《こわ》いのは誰《だれ》でも同じでございます!!」

羽令尹の絶叫《ぜっきょう》がいつものごとく回廊《かいろう》に響《ひび》き渡る。タタタタ、という小走りの、可愛《かわい》い足音が風のように近づいてきたかと思うと、モコモコの羽令尹が悠舜の執務室《しつむしつ》に飛び込んできた。

「む、鄭《てい》尚書令、こちらに主上はおわしまするか？」

「いえ……私もいまきたばかりですから」

驚《おどろ》いたようにパッと振り向いた悠舜《ゆうしゅん》の他《ほか》に、確かに人影《ひとかげ》はない。それでも羽令尹はきょろきょろと劉輝の姿を捜《さが》して首《こうべ》を巡《めぐ》らす。本人は必死だが、周りから見ればなんとも愛らしい姿だ。

「……むむ、確かにいないようですな。また逃《に》げられ申した……」

しょんぼり肩を落とした羽令尹があんまりかわいらしく、悠舜は思わず慰《なぐさ》めた。

「羽令尹、主上もまだお若いことですし、そう焦《あせ》らずともよろしいのでは……？」

羽令尹は小さく溜息をつき、首を横に振った。

「主上の他に、直系の血が確実に残されておられるのなら、わたくしもこんなに必死で追いかけたりはいたしませぬ。悠舜殿《どの》……どうして、蒼玄王の御代《みよ》より、七家・縹家・王家だけがこうも長く直系を維持《いじ》してきたか、考えたことはございませぬか」

「それは……」

「七家及《およ》び縹家、王家の九家は、何があっても、直系の血を継《つ》がねばならぬのです。玉座に蒼家のほか座する者許さず、都は貴陽のほかになし。それを守るために仙洞省が存在し、ゆえに先王陛下でさえこの九家の血だけは絶やさなんだ……」

悠舜は目を丸くした。

仙洞省が命がけで蒼家の玉座を守ってきた話は、建国以来多々残っている。王位の授与《じゅよ》と即《そく》位式《いしき》を執《と》り行えるのは仙洞省だけであり、それゆえに臣下の身で簒奪《さんだつ》を目論《もくろ》む者は必ず仙洞省を攻略《こうりゃく》しなくてはならない。けれどそのたびに、全仙洞官が真っ向から抵抗《ていこう》し、どれほど拷問《ごうもん》と殺戮《さつりく》の憂《う》き目に遭《あ》おうと頑として屈《くっ》さず、玉座を守りきってきたという。

今もなお、蒼玄王《そうげんおう》の血が守られているのは、仙洞省の功績が大きいといわれている。

「主上にどのような事情があるにせよ、わたくしも仕事をまっとうせねばならぬのですじゃ。どちらにせよ、主上の抵抗ももう長くは保《も》たぬはず……。今はわたくしどもが追い回しておりますゆえ、他の官吏は何も言いませぬが……いくらなんでもこうも長く一人も後宮に娘《むすめ》を入れぬとなると、周囲も放《ほう》っておきませぬ……。……先王も後宮に姫《ひめ》を迎《むか》えたのは三十を過ぎたお歳《とし》でござりましたが、あのころは国情の問題もございましたゆえ……」

ふと、羽令尹は何かに気づいたようにちょっとうつむいた。

「……思えば、先王陛下と相《そう》が少し似ておりまする……。……おそらくは主上もまた……」

最後の呟《つぶや》きは、羽令尹のもごもごとした口のなかに消えた。

「羽羽様……蒼玄王の血が絶えることに、何か格別の意味があるのですか？」

羽令尹は、真っ白な眉毛《まゆげ》の奥から、じっと悠舜の顔を見上げた。職業上、彼は観相もする。

「……悠舜殿、宰相《さいしょう》とはいえ、貴殿《きでん》がすべてを背負う必要はどこにもござらぬ。それを心配するのは仙洞省及び各家当主の役目にござりまする。貴殿は貴殿の職務を果たされよ。……さすれば、時至れしそのときに、貴殿の望むものもその掌《てのひら》に降ってくるはずですじゃ」

まるで予言のような言葉に悠舜が息を呑《の》んだ瞬間《しゅんかん》、羽令尹は元気一杯《いっぱい》に拳《こぶし》をつきあげた。

「では、さらばですじゃ！　なんとしてでも主上に嫁御をー！」

そうして、羽令尹は小さな体で風のように去っていったのだった。

……タタタタ、という足音が聞こえなくなってしばらく、悠舜は机案《つくえ》に向き直った。

「……だ、そうですよ、主上」

机案の下から、ガゴン、という音が聞こえた。どうやら出ようとして頭をぶつけたらしい。しばらくして、額を押さえながらまるでコソドロのごとく劉輝が出てきた。ちょっと涙目《なみだめ》だ。

「そなたの机案を占領《せんりょう》して悪かった」

「いえ……」

悠舜は苦笑いした。いきなり飛び込んできて「隠《かく》れ場所隠れ場所！」と騒《さわ》ぐ劉輝に、椅子《いす》から立って机案の下を進呈《しんてい》したのは悠舜のほうである。

「別に……絶対結婚しないとはひとことも言っていないのに……」

ふて腐《くさ》れたように何やら備え付けの茶器で茶を淹《い》れ始めた劉輝に、悠舜はおやと首を傾《かたむ》けた。

「では主上、どなたかに懸想《けそう》なさっておいでなのですね」

動揺《どうよう》した劉輝は、思わず湯をこぼした。その様子に、悠舜は微笑《ほほえ》んだ。

「……陛下、欲しいものがおありになりますね？」

悠舜の優《やさ》しい問いに、劉輝はうっかり頷《うなず》いていた。

「挙げてみてください。いくつでも構いません。誰にも内緒《ないしょ》にいたしますから」

劉輝は、今まで誰にも言わなかった『欲しいもの』を、指を折ってポツポツ白状した。それはもう、一つきりではなかった。悠舜独特の、心に沁《し》みるような声のせいもある。けれどなんのしがらみもない悠舜には、取り繕《つくろ》うことなく馬鹿《ばか》正直にしゃべってしまった。

「……贅沢《ぜいたく》だとわかってるのだが、いつのまにか増えてしまったのだ……」

最後にしょんぼりとそう呟いた劉輝に、悠舜は微笑んだ。

「わかりました」

「え」

「なんとかしましょう」

劉輝は目を点にした。

「な、なんとかって」

「大丈夫《だいじょうぶ》です。うまく頑張《がんば》れば芋《いも》づる式につりあげられると思いますから」

「……芋づる……」

悠舜は窓に首を巡らせた。その遥《はる》かな向こうに、彼が十年過ごした茶州がある。

「……陛下、私も、昔はあまり多くを望むまいと思っておりました」

ふと劉輝が顔を上げれば、しなやかな柳《やなぎ》のような意志を秘《ひ》めた、悠舜の瞳《ひとみ》にぶつかった。

「足を傷つけられてから、人生を歩いていくことまで、少し、難しくなったように思えて……

誰かには当たり前の幸せが、自分には当たり前でなくとも仕方がないと、心のどこかで思っておりました。手に入らないものは、最初から望むまい……大切なものはそのままに、壊《こわ》れないように棚《たな》にそっと飾《かざ》って、見ているだけで構わないと……」

劉輝の喉《のど》が、かすかに上下した。

「でも主上、私は結局聖人ではなくて……愛する人に、そばにいてほしいと思ったり」

「…………」

「大切な友人に、お前だから必要だと、言ってほしいと思ったり」

「…………」

「あきらめるべきだとわかっていても、どうしてもあきらめきれなかったり……しました」

悠舜は、自らの掌に視線を落とした。まるでそこに、見えない宝ものがあるかのように。

「……それは多分、とても大切で、必要なものなのです。木々や花に天水《あまみず》が必要なように」

主上、という優しい声が、うつむいた劉輝の心をそっと揺《ゆ》らした。

「私の役目は、主上の補佐《ほさ》です。ダメなものはダメとはっきり言いますが、あきらめなくてもよいものを、最初からあきらめろとは申しません。こっそり、頑張ってみましょう」

「……余は王なのだ」

「ええ。そして私は、あなたの望みを叶《かな》えるのが仕事です」

劉輝はずるずるうつむき、ついに机案にぺたりと額をつけてしまった。

「あなたの望みを叶えましょう、我が君。手放してばかりのあなたが、いつかカラッポになって、消えてしまわないように」

劉輝は小さく息を吸った。ずっと、不思議に思っていた。

「……どうして……そなたは、そんなに優しくしてくれるのだ？」

その言葉に、悠舜は驚《おどろ》いたように目を瞠《みは》り、どうしてか少し寂《さび》しそうに笑った。何かを言いかけるように口を開きかけるも、それも途中《とちゅう》でつぐんでしまう。

「悠舜殿？」

「いえ……それでは陛下は、どうして私をあっさり宰相にしたのですか？」

「うん？　そなたが余の好みだったからだ」

「…………。…………………は？」

「即位式《そくいしき》のとき、そなたに怒《おこ》られたろう」

劉輝は秀麗を思いだしながら、ボソボソと白状した。

「余はどうも、優しくても怒るときはビシッと怒ってくれる者に弱いらしいのだ。それでいえば、悠舜殿はまさしく余の好みのど真ん中に的中していたのだな」

あんまりにも裏表なく好きだと告白された悠舜は笑うしかなかった。

「さて……別段私は、主上に特別優しくしているつもりはないのですけれど……」

悠舜はどこか物思わしげで、それでいて困ったような、深く長い溜息《ためいき》をついた。

「……主上を見ていると、少し、昔を思い出してしまいますね……」

悠舜のほうを向かなくても、彼が微笑む気配が伝わってきた。

そのまま、優しい沈黙《ちんもく》が落ちた。ややあって、落ち着いた劉輝は首をコテンと悠舜に向けた。

「……わかったぞ。どうして紅尚書《しょうしょ》がそなたを大好きなのか」

「はい？」

「そなたは、少し邵可に似ている」

「私が？　まさか。昔は怒って黎深を殴《なぐ》ったこともあるのですよ」

「——な！　殴った!?　紅尚書を!?」

「ええ、あんまり頭にきたものですから、つい……。さすがに手が出たのはあれが最初で最後ですが、私が怒るといつも先に頭を下げてくるのは黎深や鳳《ほう》……奇人のほうで、たいてい連れだって一緒に謝りにくるのが常でした。邵可様に似てるなどとんでもありません」

誰それ、と劉輝はあんぐり口を開けた。何だか悠舜のうしろに後光が見えてきた。

そのとき、パタパタと足音が聞こえた。途端《とたん》、劉輝がビクッと反応する。悠舜でも明らかに羽令尹ではないとわかる音だったが、精神的に相当追いつめられているらしい。

何だか悠舜は感慨《かんがい》深くなった。十年来の上司は精神的というコトバとはまったく無縁《むえん》の、ある意味好き放題野放図上司だったので、何だか王が子兎《こうさぎ》に見える。

「……主上、絳攸殿《どの》や藍将軍と一緒に、何日か息抜《いきぬ》きに街へおりてきても構いませんよ？」

「……。なに!?」

「ちょうど今日明日と公休日ですし。そろそろ本格的に幽谷殿を捜《さが》さなくてはなりません」

劉輝の表情が少し引き締《し》まった。

「私もあのあと凜に訊《き》いたのですが、どうも、主上直々に足を運ぶ必要がある方のようです。さすがに一日丸ごとは無理ですが、そうですね……私が午後から書翰《しょかん》に目を通しますから、午《ひる》過ぎからなら、抜け出してもいいでしょう。私の権限で裁可が下せるものもありますし。ただし、夕方には必ず帰ってきて仕事をしてくださいね。覚悟《かくご》してください。優しくないですよ」

劉輝は顔を輝《かがや》かせた。「うーさま」から逃《に》げられるなら百万金払《はら》ってもいい。

「うむ！　では絳攸と楸瑛のところへ行ってくる！」

立ち上がり、ふと、劉輝は心配そうに悠舜を顧《かえり》みた。

「そういえば、専従護衛官を断ったと聞いたが」

「ええ。必要ありません。まだ誰《だれ》かに暗殺されるような大業もしておりませんし」

悠舜は羽扇《うせん》の羽根を、弄《もてあそ》ぶように指先ですいた。劉輝が反駁《はんばく》する前にぽつんとつづける。

「……それに、多分、大丈夫《だいじょうぶ》だと、信じてみたいこともありまして」

「え？」

「いいえ。本当に、大丈夫です。あまり臣下を甘やかしませんように」

「……。……さっき、足を傷つけられたと言ったが……」

劉輝の耳聡《みみざと》さと、自分の迂闊《うかつ》さに、悠舜は苦笑いした。

もうこの足に苛立《いらだ》つことはないけれど。思いだすときは少しだけ、息を吸うのが難しくなる。

「……昔のことです。どうか、お気になさらずに」

睫毛《まつげ》を伏《ふ》せた悠舜は、微笑《ほほえ》んで、ただそれだけを告げた。

第二章　金のタヌキ、銀のタヌキ

秀麗と慶張は、ふらふらと無言で姮娥楼までの道を歩いていた。

ちょうど、西施橋《せいしきょう》という橋にさしかかったあたりでようやく頭が働きだしてきた秀麗は、確《かく》認《にん》の意味でボソッと訊いてみた。

「……ね、ねぇ慶張、さっきの……あんたもきいてたわよね……夢じゃないわよね」

夢でもタヌキに化かされたわけでもない証拠《しょうこ》に、秀麗の手には書翰と巻物が残っている。

しかし慶張は呆然《ぼうぜん》としたまま答えない。秀麗は頭を整理するため、それでもしゃべった。

「……なんだってあのひと、金のタヌキもってたのかしら……」

「知るかー！」

「ちょっとなんでいきなり怒りだすのよ！」

「う、う、うるせー！」

ちょうどそのとき、貴陽名物の一つでもある松濤河《しょうとうか》の放水がはじまった。西施橋の下を流れる松濤河は、水門により、時刻によって水かさが増減することで知られている。それまで川縁《かわべり》でポカポカ日向《ひなた》ぼっこをしていた老人や犬が、よっこらしょと腰《こし》をあげて上にあがっていく。

上流から次第《しだい》に轟《とどろ》きが聞こえ、水の壁《かべ》が一気に押し寄せる。

そのとき、向こうから誰かがぎょっとしたように橋の上にいた秀麗と慶張のほうに叫《さけ》んだ。

「うおっ⁉　おい兄ちゃん橋桁《はしげた》で何ボーッとしてる！　起きろ！　危ね——」

秀麗と慶張が、えっと思った瞬間《しゅんかん》だった。

どーん、という音とともに水の壁が橋桁の間を走り抜けた。そして。

「へ？　ん？　……おわ——————っっっ⁉」

ちょうど秀麗と慶張が佇《たたず》む橋の真下から、、、、、若い男の悲鳴が聞こえた。

「ぎゃ——————…………」

水の流れとともに、男の悲鳴も流され、谺《こだま》のように遠ざかっていく。

「おいっ！　兄ちゃんが一人流されたぞー！」

「かーっ！　どこのバカだぁ⁉　べらぼうめぃっ」

「助けろー！　死ぬぞー！」

「下流でせきとめろー！」

秀麗と慶張は呆気《あっけ》にとられた。……誰かがボケッと橋桁にいて、流されたらしい。

どこのトンマだ。

二人はそう思った。

聞こえてくる声からすると、どうやら流された誰かは途中で漁師が張っていた網に引っかかって助かったようだ。二人は顔を見合わせると、トボトボと疲《つか》れた様子で歩き出した。

「……とっとと胡蝶さんとこ行こうぜ……」

「そ、そうね……助かったみたいだし。……ていうかなんで流されたのかしら……」

何だか今日はわけのわからないことが立て続けに起きる、と秀麗は思った。

◆◆◆

楸瑛は劉輝のところへ行く途中、ふと立ち止まった。ピカピカに磨《みが》き抜かれた飾《かざ》り窓の玻璃《はり》が、楸瑛の姿をくっきり映し出す。彼は玻璃のなかの自分が佩《は》いている剣《けん》を見つめた。

その剣鍔《けんつば》に彫《ほ》られているのは、劉輝から下賜《かし》された〝花菖蒲《はなしょうぶ》〟の花紋《かもん》。

それは、王に絶対の忠誠を誓った者だけが受ける証。

……少しずつ、少しずつ、心に澱《おり》のように沈《しず》んでいく想《おも》いがある。

自分は、もしかしたら――。

そのとき、突《つ》き刺《さ》すような視線を感じて楸瑛は振《ふ》り返り――ギクリとした。

静蘭が、回廊《かいろう》の向こうから、値踏《ねぶ》みをするように冷ややかな視線で楸瑛を見つめていた。

「楸瑛!」

別方向から聞こえた弾《はず》んだ声に、凍《こお》りついていた刻《とき》がほどけ、楸瑛はハッとした。

「……主上、と、絳攸」

「とってつけたように言うな」

憮然《ぶぜん》としたように絳攸が大股《おおまた》で近づき、劉輝は「うーさま」に追いかけられるこの頃《ごろ》では珍《めずら》しい、頭に満開の花が咲《さ》いたようなルンルンとした足取りで寄ってきた。

楸瑛は意識して、いつもどおりの笑顔《えがお》をつくった。

「どうしました。ご機嫌《きげん》ですね、主上」

「うむ。悠舜殿から許可が出てな、午後からなら『うーさま』から逃《に》げて……げふん、違《ちが》った、城下に降りて、幽谷殿を捜《さが》してもいいと！　だから行こう、今すぐ行こう」

その全開で喜ぶ様子に、楸瑛は作り笑いではない、本物の笑みを浮かべた。

「わかりました。お供します」

そのとき、劉輝は回廊を渡《わた》ってやってくる兄の姿も発見して、手を振った。

「静蘭、そなたもくるのだ！」

「はい、ご一緒《いっしょ》いたします」

静蘭はいつもどおりの穏《おだ》やかな笑顔で頷《うなず》いた。

まるで、楸瑛が見た表情など幻《まぼろし》だったかのように。


「幽谷殿は下街にいるのかい？」

城下を歩きながら、楸瑛はそばの絳攸にそう訊《たず》ねた。

「珀明を問いつめたらそれだけ白状した。貴陽にいるとしたら下街だと」

「へーえ。それだけでもよく白状したね。碧幽谷に関しては、碧家は本当に徹底《てってい》して水も漏《も》らさぬ情報管理をしてるんだよ。仕事の依頼《いらい》だって、まず仲介者《ちゅうかいしゃ》が仲立ちするくらいでねぇ」

「……みたいだな。ちょっと脅《おど》しすぎたか……」

絳攸はちょっと反省した。新人二年目だというのに、悪いことをした。

下街ということで、楸瑛はすぐに胡蝶を思い浮《う》かべた。

「何はともあれ、姮娥楼に行けば胡蝶が何か情報をくれるかもしれない。あの碧幽谷に『仕事』をしてもらったら、間違いなく歴史に残りますよ、主上……主上？」

きょろきょろ辺りを見回す王は、さっきまでと違って眉間《みけん》に皺《しわ》を寄せた顔をしている。

「どうしました、主上？　さすがに街中までは『うーさま』も追ってきませんよ」

「……いや、まあ、そうなのだが、……ここらで一時しのぎでもなんでも何か対策の一つも考えないと、本当に近いうちに追い込まれる……」

劉輝はガックリと肩《かた》を落とした。

「……楸瑛の父君もたくさんの女人《にょにん》を妻に迎《むか》えているのだったな」

楸瑛はコホンとわざとらしい咳払《せきばら》いをして、絳攸と静蘭の冷たい視線をかわした。

「ま、まあそうですが……父はちょっと特別で……博愛主義といいますか」

「紅家は邵可様も黎深様も玖琅《くろう》様も一人だってのに、藍家は節操なしが家系か」

楸瑛はちょっとムッとした。

「ひとくくりにしないでくれ。兄の妻は一人しかいない」

「自慢《じまん》するようなことか！　それが普通《ふつう》なんだ！」

静蘭《せいらん》も深く頷いた。

「一般庶民《いっぱんしょみん》には当然の理《ことわり》ですね。……まあ、お金がないからという意見もありますが……」

劉輝はふと街を見回してみた。目につく限り、どこもおかみさんは一人きりだ。……そういえば、下街におりて妻をたくさんもつ者というのを聞いたことがない。

「静蘭は、その……もし、もし、そなたが王……として生まれついたら」

チラリと向けられた咎《とが》めるような兄の視線に、劉輝は慌《あわ》てた。

「もし！　だ。その、奥さん、を、たくさん迎えていた、か？」

「……まあ、そのときになってみないとわかりませんが」

静蘭は自分の母も、劉輝の母もはっきりと覚えている。他の妾妃《しょうひ》たちも。

……正直、秀麗や薔君《しょうくん》奥方に出会わなかったら、女性に対してどういう振る舞《ま》いをしていたかわからない。少なくとも無条件に敬意を払ったりはしなかったろう。

父王の『寵愛《ちょうあい》』は、子供ができるまでだった。だから六公子それぞれ母が違った。妾妃たちを、ただ男児を産ませるためだけに愛したとしか、今の静蘭には思えない。それを証明するかのように、父は最後まで后妃《こうひ》を選ばなかった。だからこそ、どの妾妃も不安だったのだろうと思う。王の愛しか縁《よすが》はなかったのに、王の心がどこにあるか最後までわからなかった。

王として、子を残すために多くの妾《つま》をもつのはただの責務で、愛など何の意味もない――以前の静蘭ならそう切って捨てたろうし、今も理解はできる。ただ――秀麗と、邵可と、奥方と過ごした優《やさ》しい日々を知っている静蘭には、もう『愛など何の意味もない』とは思わない。

「……やたらと迎えて、ろくなことにならなかった前例は、いくらでもありますからね」

「……うむ……」

劉輝はしんみりと肩を落とした。どう考えても母は幸せではなかった。自分たちも、あんまり楽しい子供時代は過ごせなかった、と思う。そのすべてを父や母のせいにするつもりはないけれど。……母の狂乱《きょうらん》の原因、父の寵愛が薄《うす》れたという言葉は今も耳に残っている。

劉輝がどうしても慎重《しんちょう》になるのは、昔の記憶《きおく》が薄れていないからでもある。

「……だいたい、紅尚書《しょうしょ》でさえ一人しか奥さんいないのに、なんで余ばかりイジメられ……」

劉輝はハッとしたように立ち止まった。

「……主上？」

「……そうか、そうすれば……」

ぶつぶつと何事か呟《つぶや》き——ややあって会心の笑みを浮かべた。

「ふ、ふふふ、よし、うーさまめ、ぎゃふんと言わせてやる……！」

＊　＊　＊

「いらっしゃい、秀麗ちゃん。くるのを待ってたんだよ」

姮娥楼を訪ねた秀麗は、貴陽一の妓女《ぎじょ》の満面の笑みと抱擁《ほうよう》で迎えられた。

「お帰り」

ただそれだけを言ってくれた胡蝶に、秀麗はホッとしたように抱《だ》きついた。

「……はい」

「おや、三太《さんた》も一緒かい。……ははーん、なるほどね」

胡蝶はなぜか、意味ありげな笑みをチラリと浮かべて慶張を見た。

「それにしても、なんだかそろって景気の悪そうなカオしてるじゃないか」

秀麗と慶張は「景気の悪そうな顔」を互《たが》いにチラッと見た。……本当だ。

「……はあ、なんだかここにくるまでにおかしなことがイロイロとあって……」

「おかしなコト？」

「いえ、それはいいんです。なんだか今晩はタヌキの夢を見そうですけど。ところで胡蝶妓《ねえ》さん、私に会わせたい人がいるって文《ふみ》に書いてありましたけど……」

「いや、まあ、会わせたいっていうか、会いたがッてるっていうか…………そうさねぇ」

胡蝶は珍《めずら》しく歯切れの悪い口調でぶつぶつ呟くと、困ったように慶張を見た。

「……まずは三太の用を先にすましといたほうがいいだろうね。三太まできたってことは、あたしに何か用があってきたんだろう？」

「あ、はい。慶張のおじさんが買ったっていう画《え》の鑑定《かんてい》をしてほしくって」

「……だしてごらん」

胡蝶の目がふと険しくなった。

――渡《わた》した画をじっくりと眺《なが》めた胡蝶は、少し苛立《いらだ》たしそうに吐息《といき》をこぼした。

「……ニセモノだね」

開口一番でてきた言葉に、慶張は目を丸くした。

「かなりよくできてるけど、贋作《がんさく》だ。あんたのおじさんとやらは騙《だま》されたね」

確かにこの画は秀麗に会いに来るための口実に過ぎなかったが、実際に金を払って買ったものだ。正確な価値を聞いてきてくれと言われたのは本当だ。それが価値云々《うんぬん》以前に——。

「——贋作!?」

「残念だけどねぇ……」

胡蝶はちょっと首を傾《かたむ》けた。キラリと目を光らせる。

「おじさんはどのくらい払ったって?」

「……確か、金三十両って……」

聞いていた秀麗は耳を疑った。——金三十両!?

「この巻物一つに金三十両!?」

「いや、本物だったら、確かにそれっくらいの価値はあるんだ。……本物ならね」

胡蝶は巻物を手に取り、つくづくと眺めた。

「イイ出来だよ。これならたいがい騙せるだろう。画商でも見分けられるかどうか……」

胡蝶は長い睫《まつげ》毛を物憂《ものう》げに伏《ふ》せ、ややあって何かを決めたように顔を上げた。

「……実はね、秀麗ちゃん。ここだけの話、ここひと月ふた月、こういった贋作がやけに出回ってるんだよ」

「え!?」

「お上に知れるとちょいとマズイ話だが、下街にもね、贋作づくりを生業《なりわい》にしてるヤツは何人かいる。けどね、どいつに当たっても自分じゃないっていうのさ」

貴陽親分衆の要請《ようせい》で、胡蝶がこないだ一日かけて鑑定した画の大半が、贋作だった。しかもおそろしくよくできていた。下街の贋作師には、親分衆にまで贋作を売りつける度胸はない。

「……どっかの誰《だれ》かが贋作で得た大金は行方《ゆくえ》知れず、裏《うら》街じゃ回ってない。つまり、別の場所に流れこんでる。――あたしらでつかめないとなると、黒幕にいるのは多分……」

秀麗はゆっくりと目を見開いた。

「……貴族？」

「それも、金持ちのね。イイ出来の贋作ってのは、材料もそれなりのが必要だからね。それに、この贋作師、相当の腕前《うでまえ》だよ。ここまでの腕をもってるヤツ、フラフラさせとくとあとで大変なことになる。ある程度目利《めき》きの親分衆だって騙しちまったんだからね」

胡蝶は柳眉《りゅうび》を寄せると、溜息《ためいき》をついた。

「お貴族様が相手となると、悔《くや》しいがあたしらには手が出ない。資金の回収もあきらめちゃいるけど……ただ、引っかかるんだよねぇ。うまいことやりすぎてるっていうかさ」

「……え？」

「モノがモノだけに、騙されたヤツはある程度の金持ちや貴族で、カタギの素人《しろうと》衆の被害《ひがい》は少ない。だからあたしら貴陽連もそれほど血眼《ちまなこ》で捜《さが》しゃしない。けど、やっぱりモノがモノだけに、金をもってるヤツはポンと大金を出す。……相当の金が、どっかに絶対に流れこんでるのに、静かなもんじゃないか。……計算されてるって気がするんだよ。それに、その金を使わずにためこんでるとしたら、そいつは何に使おうってのかね……」

秀麗は慶張が持ちこんできた画を眺めた。

「……三太、これ、ちょっと貸してくれる？」

「え？　ああ、いいけど……まさかお前」

「調べるのは私の勝手だもの。おじさんだってお金、戻《もど》ってきたほうがいいでしょ？」

そのとき、室《へや》の扉《とびら》が勢いよくひらいたかと思うと、誰かがつかつかと入ってきた。

「胡蝶！　遅《おそ》い遅いと思っていたら――独り占《じ》めしているなんてずるくってよ!!」

見知らぬ声に、秀麗は「へ？」と顔を上げた。

慶張が思わず「おわ。美女」ともらしたくらい見事な容姿をしている。歳《とし》は二十半ば、くるくると波打つ長い髪《かみ》を高い位置で一つにくくり、卵形の小さな輪郭《りんかく》にすっきりとおさまる、勝ち気そうな目鼻立ち。秀麗もあちこちの妓楼《ぎろう》で賃仕事をしてきたが、見たことのない女性だった。それになんとなく、妓女という感じもしない。

「わたくしにも早く紹介《しょうかい》してちょうだい！」

「あーあ……きちまったかい……。はいはい」

胡蝶は苦笑い半分、あきらめ半分の複雑な表情で笑った。

「あー、会わせたい相手ってのは彼女のことでねぇ。……あたしの古なじみなんだけど――」

「え？」

「あなたが紅秀麗ちゃんね？」

謎《なぞ》の美女は胡蝶の紹介を待たずにスッ飛んでくると、目を輝《かがや》かせて秀麗を上から下まで熱心に見つめ――破顔した。

「まああ！　なんてかわいらしいの！　思っていたとおりだわ！」

目を点にする秀麗に構わず、謎の美女はぎゅうっと豊かな胸に秀麗を抱《だ》きしめた。見ていた慶張はうっかり「羨《うらや》ましい」と呟《つぶや》き、胡蝶は呆《あき》れたように額を押さえた。

「歌梨《かりん》……いいかげんにおしよ。まったく、ひと月ぶりに上から降りてきたと思ったら……どこで秀麗ちゃんの噂《うわさ》を聞きつけてきたんだいほんとに……」

「え⁉　上⁉」

秀麗と慶張は耳を疑った。今のこの開店前の午《ひる》の時間、『上』にいるのは、泊《と》まりがけで遊ぶ『客』しかいない。しかし姮娥楼の『客』とは――。

胡蝶は珍《めずら》しく、何と言っていいやらわからない顔をした。

「……歌梨は何年かにいっぺん、たまーにきては長っ尻《ちり》でこの姮娥楼を宿屋代わりに泊まってく、変わった女でね……室を長期間占拠《せんきょ》されて迷惑《めいわく》っていうか」

「何かおっしゃって？　胡蝶」

「いーや、なんでもナイさ」

そのとき、歌梨の目が、なにげなく広げていた慶張の『贋作』に留まった。

――沈黙《ちんもく》ののち、彼女は血相を変えて叫《さけ》んだ。

「……な、な、なんてこと!!」

「は？　どうしたんだい歌梨」

「お室にこもりすぎたわ！　胡蝶！　わたくし、ちょっと出かけてくるけれど、あとでちゃんとお宿代は払《はら》いましてよ。わたくしのお室はそのままにしておいて！」

叫ぶと、胡蝶が何を言う暇《ひま》もなく、歌梨は室から駆《か》けだしていったのだった。

秀麗と慶張は目を点にした。

「胡蝶さん、今の女の人……ど、どうしたんでしょう」

「……いや、あたしもたまにわかんないときがあってね。だが歌梨はあたしなんか足下《あしもと》にも及《およ》ばない目利きでその筋じゃ有名なんだよ。……あの贋作の何にあんなに驚《おどろ》いたのやら」

胡蝶も首を傾《かし》げた。この贋作がどうかしたのだろうか。それにしても——。

「……短くない付き合いだが、歌梨のあんな慌《あわ》てた様子は見たことないねぇ。——うん？」

手下の一人がきたことに気づいて、胡蝶は顔を上げた。

「なにかあったかい？」

「はあ。それが、ついさきほど松濤河の放水で流されたマヌケがいたらしいんですが」

まさに現場に居合わせた秀麗と慶張は、思いだして顔を見合わせた。

「うちのモンがたまたま救助にいあわせたらしいんですが、どうやらその野郎《やろう》、秀麗お嬢《じょう》さんとこの地図をもってたようで……姐《あね》さん、さっき秀麗お嬢さんがくるって喜んでたでしょう。それを覚えてた舎弟《しゃてい》が、ヘンな気ぃきかして姮娥楼《うち》に運んできちまったんですよ」

「え⁉　流されてたのって、う、うちのお客さんだったの⁉」

秀麗は仰天《ぎょうてん》した。助けに行くどころか、かなり素通《すどお》りしてきてしまった。

しかし手下は眉《まゆ》を寄せたまま、ずずいと秀麗に近寄った。

「……秀麗お嬢さん……金のタヌキ置物もってるトンマ野郎に心当たりありやすか？　もし紅師《せんせい》ともども、つけ狙《ねら》われて困ってるとかなら、今すぐ息の根止めて川に返しますが。今ならまだ気絶したまんまですから、おちゃのこさいさいですよ」

秀麗は二の句が継《つ》げなかった。慶張も唾《つば》を飲み込んだ。……金のタヌキ……。

「……えーと……心当たりは……なくもないので……あの、一応、助けてあげて下さい……」

秀麗はかろうじてそれだけ言った。

謎は、また一つ増えた。

――なぜ彼は橋桁《はしげた》なんぞで流されたのか。

（なんかの話のネタにありそうじゃないの……）

秀麗はハトが飛びかかっているような頭の中で、ぼんやりとそんなことを思った。

呑気《のんき》そうに気絶したまま運ばれてきた男は、やはりというか、出掛《でが》けに秀麗にわけのわからないことを言って去っていった男であった。気絶しても金のタヌキを抱《かか》えている。

「……秀麗ちゃんに、求婚《きゅうこん》しにきただって？」

胡蝶は笑いたいような呆れたような声を出した。

「はあ、聞き間違《まちが》いとか人違いでなければ……多分そんなことをいってたよーな……」

秀麗は劉輝と茶朔洵《さくじゅん》を思い出した。人生三人目の求婚者はだいぶ前例と違うようだ。

「ふーん、そんじゃ、優《やさ》しく起きるのを待っててやることたないね。これで充分《じゅうぶん》だよ」

胡蝶は意味ありげに慶張を見たあと、寝《ね》ている男の額を遠慮《えんりょ》なく指でバチンとはじいた。

どんぶらこと川に流され何を見たか知らないが、目を開けた男が真っ先に呟いたのは――。

「……うー……生まれ変わっても魚にはなりたくねー……あのギョロ目結構こえーよ……」

どこだかわからない様子で顔を巡《めぐ》らしていたが、秀麗の顔を認めると「あ」と声を上げた。

「どーしてきてくれなかったかなー、君。あれで一応任務完了《かんりょう》で家に帰れるはずだったのに」

「……は？」

「渡《わた》したじゃん。文《ふみ》。門の前で。巻物と一緒《いっしょ》に」

そういえば手提《てさ》げに入れたまま、……すっかり忘れていた。慌ててとりだして読んでみる。

「……？　？　？」

ますますわけがわからなくなった。西施橋という文字は確かにあるが、そもそも文のいわんとするところがわからない。なんだかイロイロ古典の引用とかもしているようだが――。

男は起き上がると、やっぱりタラタラとした様子で指を折っている。

「まー確かにうっかり順番逆になっちゃったけどさー。でもコレでいいはずだろ。恋文《こいぶみ》・贈《おく》り物・待ち合わせ、で結婚の申し込みガッツンと完了」

秀麗は目を点にした。……なに？

「…………………………恋文って、これ？」

「なんだよ、君、頭いーんだろ？　わかるだろ!?　すげぇ風流でオモムキのある恋文じゃん」

秀麗が文面を見直そうとしたら、その前に慶張と胡蝶にスゴイ勢いで文を横から奪《うば》われた。

——しばらくして、読み終わった胡蝶はバンバンと手近な卓子《たくし》を叩《たた》いて笑い転げた。

「……ふっ、あは、あははは！　ケッサク……っ！　こりゃあ藍様でも真似《まね》できないねぇ。斬《ざん》新《しん》すぎる。あははは、これほど笑ったのは久々だよ……！」

逆に慶張は至極真面目《しごくまじめ》に『恋文』を読んでいた。

「……でも胡蝶さん、これ、なんか読めないいくらいムツカシイこと書いてありますけど」

「バッカだねぇ慶張、もちっと勉強おし。そのムツカシイ部分てのは、あちらこちらの古典の切り抜《ぬ》きなのさ。まあわかりやすく言うとだね……『春はあけぼの、カエルぴょこぴょこむぴょこぴょこの季節になりました。両家の運命に引き裂《さ》かれて幾星霜《いくせいそう》。なぜ君は君なのか。西施橋にて、君は僕の太陽なので真南にかかったころに、いつまでもお待ち申し上げておりまする。命短し恋せよ息子《むすこ》と申しますゆえに、愛ゆえに我あり申す』……ダメ、もう笑いが」

あまりのめちゃくちゃさ加減に再び笑いがぶり返した胡蝶は、ひたすら震《ふる》えて笑いつづけた。

もともとの出典をすべて知っているがゆえに、余計笑いが止まらない。今は亡《な》き文豪《ぶんごう》たちも、まさかこんなふうに『引用』されて『恋文』になるとは夢にも思わなかったろう。

秀麗は男に向き直った。訳されると余計切ない。

「……何を以《もっ》て恋文っていうの!? カエルぴょこぴょこむぴょこぴょこのナニが！」

「ナニヲモッテとか言うなよ！ カエルは定例文にのってたんだよ。季語だと思って。初めて書いたんだからちっとくらい目こぼししろよ！ くそー。だから頭の良い《い》女ってヤなんだ」

「そんな問題じゃないでしょう！」

同時に、秀麗はハッと気づいた。……まさかあの大事そうに抱えている金のタヌキ……。

「……え、じゃ、じゃあ、それが、お、贈り、もの……？」

すると、青年は口を尖《とが》らせた。

「ちげーよ。このタヌキは俺の。贈り物は巻物。出掛けに露天商《ろてんしょう》が勧《すす》めてきたから買ったの」

「……あ、そ、そう」

秀麗はちょっとホッとした。金欠病の邵可邸《てい》ではいつでもどこでもなんでも喜んで受け取る用意はあるが、……あの金のタヌキをもらったら妙《みょう》にフクザツな気になりそうである。

「これをもってれば、女の子にモテモテあるヨ〜っていうからさ。即決《そっけつ》で」

「…………へー…………」

鰯《いわし》の頭も信心からというし、金ぴかタヌキも彼が信じていれば叶《かな》うかも知れない。

すると、彼は気をよくしたのか、得意げに耳をかきやった。そこにあったのは――。

「で、これが女の子がメロメロあるヨ〜っていう耳飾《みみかざ》りで、この腕輪《うでわ》が男前度五割増っていう仙人《せんにん》の腕輪でー、この指輪がオトコの眼力《メヂカラ》、色・艶《つや》十三倍になるっていうヤツでー。十三倍っていうびみょーな数字が信憑性《しんぴょう》あると思わない？」

耳、腕、指には、今度は金でなく銀のタヌキがそれぞれちんまりくっついている。

『あなたが落としたのは金のタヌキですか、銀のタヌキですか』

そんなお伽噺《とぎばなし》があった気がする。……タヌキじゃなかった気もするが、今の秀麗はゆっくりとふくらんでいく堪忍袋《かんにんぶくろ》をおさえるのに必死だった。金銀タヌキは認めたかないが本物だ。

「で、これがとっておき――姮娥楼の胡蝶も一発で陥《お》とせる、不思議な首飾り！」

じゃーん、という効果音つき（音源←自分）で胸から取り出した白金のタヌキが先端《せんたん》で揺れる豪華《ごうか》な首飾りを見た瞬間《しゅんかん》、秀麗のなかでナニかが切れる音がした。ちなみに胡蝶はさらに吹《ふ》きだし、うつぶせて笑いまくっている。

「あなた……どこのトンマなお坊《ぼっ》ちゃまだか存じませんが……」

ぷるぷる震える。騙《だま》されたのは仕方ない。口のうまい商人はいくらでもいる。が。

「ぼったくられて騙されたことくらい、最低気づきなさいってのよ――――っっっ！」

「なにぃ？」

しかし彼はしょげるどころか、自信満々に胸を張った。

「俺は騙されてなんかない！」

「ばかっ！　こんな金のタヌキや銀のタヌキで胡蝶妓《ねえ》さん陥《お》とせるわけないじゃないの！　そんなんで陥とせたら今頃《いまごろ》この姮娥楼はタヌキで埋《う》もれてるわよっっっ。ていうか『これはなになにアルヨ～』なんていうあやしすぎる商人からモノを買うこと自体間違ってるの!!　大体、なんで橋桁《はしげた》なんかで流されてるわけ!?」

「だって恋文で、待ち合わせで、橋っていったら、橋桁だろ！　なんで上にいるかな、君」

胡蝶はすぐにピンときた。吹きだすのを堪《こら》えて横を向く。

確かに有名な昔話で、橋桁で待ち合わせした恋人同士の話はある。約束の場所で若者は待っていたが、いつまでたっても娘《むすめ》はこなくて、とうとう雨が降って、それでも若者は待ちつづけて、ついには橋桁につかまって溺死《できし》したという内容だ。

「だからって、わざわざ放水時刻に橋桁で待ってて本当に流されることないじゃないの！　なにわけわかんないことで命賭《か》けてんのよあなた!!」

「流れるつもりはなかったんだよ！　あんなに怒濤《どとう》のようにくるなんて思うか普通《ふつう》！」

男はあぐらをかくと、頰杖《ほおづえ》をついた。

「……くそー。それで役目をまっとうして、家に帰れるはずだったのに」

秀麗はゆっくりと五数えた。ここまで待ってみたが、この男は肝心《かんじん》なことを話していない。

「で、あなたはどこのどなた様なんですか」

するとその彼は初めて目を丸くした。

「……あー、もしかして名前書くの忘れてた？　榛蘇芳《しんすおう》っていうの」

「人違いじゃなくて、ほんっとうに私に求婚しにいらしたんですか」

「そうだよ。親父《おやじ》がガツンと求婚してこーいっていうから。なんか、あんたをたぶらかして結婚すれば、どこぞのエライ貴族から金と爵位《しゃくい》がもらえるんだと」

探《さぐ》ろうとしていたことを本人から堂々と言われ、秀麗は額に手を当てた。

見知らぬ貴族の息子からの唐突《とうとつ》な縁談《えんだん》とくればおそらくとは思っていたが――。

「……で、謹慎《きんしん》中の間に、私に何気なく穏便《おんびん》に結婚《けっこん》退官してほしいってことですか」

「まーそういうことみたいだな」

ここまできて、秀麗は怒《おこ》るよりも、ほとほと呆《あき》れ果てた。

「……あなた、ちょっと正直すぎると思わない？」

「あんたに退官してほしいやつなんて山ほどいるじゃん。別に隠《かく》す必要ないだろ」

何かが違う、と秀麗は思った。

というか、なんだかその『エライ貴族』は人選を間違っている気がする。

それまで黙《だま》って聞いていた慶張が、突然立ち上がった。

「……俺、仕事あるから帰るわ」

「え？　ちょ、ちょっと慶張？」

ちょうどそのころ、胡蝶を訪ねてきた劉輝たちが妲娥楼に到着《とうちゃく》していた。

開店前の時間だったが、楸瑛と顔見知りの門番が気づいて門をあけてくれた。

そのとき、近くで所在なげに妲娥楼を見上げていた一人の男が、慌《あわ》てて声をかけてきた。

「あの、まだ開店前にすみません、ここは妲娥楼……ですよね？」

どうやら客人らしい。旅装を見ると貴陽の人間でもないらしい。

声をかけてきた男は、三十ほどの、温厚《おんこう》で人の良さそうな顔をしていた。けれど、まるで誰《だれ》かに追われているかのように落ち着きがなく、きょろきょろしている。

「ちょっと、お伺《うかが》いしたいのですが、こちらに歌梨という女性はいませんか？」

どうやら門番が特別に扉《とびら》を開けたことで、姮娥楼の関係者とでも思われたらしい。絳攸が訂《てい》正《せい》する前に、楸瑛がにこやかに答えた。

「いいえ、残念ですが、ここにはそんな女性はいませんよ」

ものすごく自信たっぷりに答える楸瑛に、絳攸と静蘭が冷たい目を向けた。劉輝は睨《にら》まれないよう、小さくなって目を逸《そ》らしていた。

「そ、そうですか……ありがとうございます…………」

男はガッカリしたように肩《かた》を落とすと、丁寧《ていねい》に頭を下げ、トボトボと去っていった。

絳攸が氷柱《つらら》のような視線を楸瑛に突《つ》き刺《さ》した。

「……お前な、堂々と答えてたが、もし本当に歌梨という女がいたらどうするんだ？」

「いないって。そんな名前の妓女《ぎじょ》は姮娥楼にいたためしがないし」

珠翠《しゅすい》あたりが聞いたら、冷たく「最低のボウフラ男ですね」とでも評したかもしれないと、劉輝はこっそりと思った。


——そうして、何気なく一階に入ると、二階で秀麗の声が聞こえてきた。

「ちょっと三太！　急にどうしたの⁉」

　いきなり室《へや》から出て行った慶張を追いかけ、一階に続く階段の直前でなんとか追いついて袖《そで》をつかむと、慶張は振《ふ》り返った。

「……お前がさ……」

「え？」

「……俺、お前が、自分の結婚、あんなふうに言うの、聞きたかなかった。まるで、なんかの取引の一部みたいに、平気な顔で、他人事《ひとごと》みたいに」

　秀麗は息を呑《の》んだ。

「わかってる。お前は変わってないけど……あの言葉は、官吏《かんり》のお前にとって『本音』なのも、事実なんだ。お前が官吏にならなきゃ、あんな言葉はきっと、お前の口から出なかった。フッーに誰か好きになって、フッーにそいつと結婚して、フッーに幸せな暮らしして……」

「三太……」

「俺さ、知ってるんだ。お前が茶州で何してきたか」

　慶張は秀麗の目ではなく、つかまれている手を見つめた。

「俺んとこ、全商連系列の酒問屋だろ。うちも要請《ようせい》に応じて消毒用に大量の酒を確保して送ったんだ。それ、俺も手伝ってたから、事情は知ってる」

　慶張は袖をつかむ秀麗の手を、そっと外した。

「……いいのかよ、お前」

「……え？」

「お前があんだけ頑張《がんば》っても、結局、何が返ってきた？　何もかも取り上げられて、城にもあがれなくて、家に押し込められてさ。お前が命張ってここまでやって、結果は謹慎？　何一つ認めねぇってお上《かみ》に言われたも同然じゃん。お前がいくら頑張ろうが、上のヤツらは何もかも気にくわないんだ。お前の存在自体、目の上のたんこぶなんだ。だろ？」

「――――でも、それは私が」

「名のある貴族がお前と同じことして、同じ処分くらうと、本気で思ってんの？　鄭悠舜て、お前の副官してたんだよな。大出世じゃん。あの影月だって、官位落とされただけだし、浪燕《ろう》青？　だっけ。確か処罰《しょばつ》なし据《す》え置き。お前だけだろ、何もかも取り上げられたの」

「…………」

「お前、さっきあのヘンな男に、騙《だま》されてることくらい気づけって言ってたけど、まさに俺がそうお前に言いたいよ。お前、わかってる？　人身御供《ひとみごくう》にされたんだぜ。今まで茶州ほったらかしにしてきたヤツらの勝手な非難を抑《おさ》え込むために、妥協点《だきょう》として、お前を冗官にして謹慎処分にしたんだ。一番目立つ出る杭《くい》のお前の手柄《てがら》を帳消しにすりゃ、そりゃ静かにもなるさ」

「…………」

「悔《くや》しくないのかよ、お前？　最初から、王とか高官に利用されっぱなしじゃん。新米なのにいちばん最悪なとこに責任者として飛ばされてさ、失敗しろって言ってるようなもんだろ。お前らがなんとかかんとか頑張ってやっと落ち着いたと思ったら、謹慎。手柄だけ取り上げて、お処分は全部お前になすりつけて切り捨てて」

秀麗は深く息を吸った。

……それは、まぎれもない真実だった。

「お前が、いつも上を見て頑張ってきたこと、知ってる。フラフラ遊んでた俺とは違《ちが》って、いつだってなんか考えて、駆《か》け回ってさ。お前、ほんとすごいよ。でも、俺は……俺はさ」

慶張は顔を上げて、秀麗をまっすぐに見据《みす》えた。

「俺は、一人の女として、お前がこのまま幸せになれるとは思えない。周りも、お前自身だって、もう結婚をなんかの政略抜《ぬ》きに考えられないでいるじゃんか。お前、もう普通に恋《こい》して結婚する気、ないだろ。いや、できないって、思ってる。違うか？」

秀麗は答えなかった。

「そうやって、上ばっか見ててさ……ずっと頑張ってるの、すげーと思うよ。でも――これから先もたった一人でやってくのか？　ずっと――一人で。――……ここじゃ、ダメなのか？」

「え……？」

「お前のこと、ちゃんと認めて、好いてくれるヤツがたくさんいる、この街じゃだめなのかよ？　お前、ここでならいくらでも幸せになれるはずだろ。なのにお前、まだ官吏として頑張ろうって思えるのか？　お前から官位を奪《うば》ったヤツらのために、まだ」

慶張は秀麗の表情を見て、唇《くちびる》をかみしめた。

「……悪い。こんな話をするつもりじゃなかったんだ。本当はもっと別の話をするためにきたんだけど……でも、撤回《てっかい》はしない。……帰るわ。仕事があるっていうのは本当なんだ。また、頭冷やして、訪ねる。じゃな」

振り返りもしないで帰っていく慶張を、今度は秀麗も引き留められなかった。

しばらくして、胡蝶が近づいてくる足音がした。

「……今のは相当、ぐらっときただろ？　秀麗ちゃん」

秀麗は泣き笑いのような顔で、胡蝶を振り返った。

「……正直、きました」

「三太はねぇ、あんたが官吏になったって知ってから、本当に頑張ったんだよ」

胡蝶は慶張が消えた扉《とびら》に、視線を向けた。

「青巾党《せいきん》のときは確かに遊び惚《ほう》けてるボンボンだったけど、今は違う。王旦那《だんな》の下《もと》で真面目《まじめ》に一生懸命《いっしょうけんめい》働くようになってさ、見違えるように変わってね。……きっと、頑張ってるあんたに負けないように、自分も何かしなくちゃって、思ったんだろうねぇ」

「三太が……」

「あんたのこの一年のこと、あの子は良く知ってたろ？　すごく心配して、出来る限りで情報集めて、いろいろ考えてたんだと思うよ。あの子は三男坊《ぼう》だから、家は継《つ》げないけど、それでも婿養子《むこようし》に欲しいってのが、今じゃひきも切らずにきてる。でも、あの子はどんなにイイ娘《むすめ》が相手でも、全部断ったっていうんだよ。心に決めた子がいるからって」

「…………」

「今の秀麗ちゃんなら、どういうことか、わかるだろ？」

胡蝶は一年前よりもずっと綺麗《きれい》になった少女を見つめた。

「……イイ男になったよ、三太は。今のあの子は、多分あたしでも落とせないだろうね」

胡蝶は秀麗の低い鼻を、きれいな指先で軽くはじいて微笑《ほほえ》んだ。

「今回ばッかりはあたしも何も言わない。この謹慎《きんしん》期間中に、どうせ色々考えるに決まってンだからね。出した結論が、正解だ」

秀麗は苦笑いした。

「胡蝶妓《ねえ》さん、私を信頼《しんらい》しすぎ。……でも、考えてることは、あるんです。前は、考えなくて、……とんだことに、なっちゃったし」

「秀麗ちゃん」

胡蝶はくいっと、秀麗の顎《あご》を人差し指と親指でもちあげた。

「男と女の違いを、ちょいと教えてあげるよ。女は好きな男のために自分を磨《みが》くのを惜《お》しまないけど、男は自分のために自分を磨く。女のためにイイ男になろうと思わない。だから大概《たいがい》の男は自分より上の女は選ばないのさ。今の自分のままで構わないと言ってくれる、楽でカワイイ女を選ぶ。ふふ、世の男は、よくあんなイイ女がどうして独り身だって首を傾《かし》げるけど、簡単さ。男のほうが釣《つ》り合う努力をしないからだよ。……でもね、ほんとのイイ男ってのは、女のためにだって自分を磨いて釣り合う努力をしてくれるもんさ。三太みたいにね。……言いたいこと、わかるね？　釣り合う努力もしなかった男がいたなら、とっとと忘れちまいな」

胡蝶が曖昧《あいまい》な言い方をしてくれたから、秀麗も苦笑《くしょう》するだけでとどめた。

「胡蝶妓さんが独り身なのも、そういう理由ですか？」

胡蝶は艶冶《えんや》に笑って、是《ぜ》とも否とも言わなかった。

「……心が欲しい、愛が欲しい、安らぎが欲しい、優《やさ》しさが欲しい、刺激《しげき》が欲しい……男はね、だりやで、時々女を母親と勘違《かんちが》いする。目に見えないモノをいくら捧《ささ》げても、それを当然だと思ってる。自分を削《けず》って何かを与《あた》えてくれる男は、なかなかいない。ま、女も同じだけどね」


階上で聞こえた秀麗の声にぎょっとしてとっさに階段の裏にすべりこんで隠れた劉輝たちは、まったく偶然《ぐうぜん》に二人の会話を聞いてしまった。

慶張が彼らに気付かずに姮娥楼から出て行ったあとも、一様に沈黙《ちんもく》していた。

……慶張が言っていたことは、まったくの事実だった。

「……今のはきたたねぇ……」

ポツリと呟《つぶや》いた楸瑛に、絳攸はうつむいた。

必要な措置《そち》だった。そう思う。朝廷にとって。

……上に来い、と絳攸は当然のように何度も言った。

けれど秀麗には、『二人で頑張りすぎるなよ』と言って、手を差し伸《の》べてくれる世界もあったのだ。それは、絳攸たちには、口が裂《さ》けても言えない台詞《せりふ》だ。

頑張りすぎるほど頑張ってさえ、まだ足りない。劉輝たちが助けるわけにはいかない。秀麗の心の支えでもあった、影月と燕青からもわざと引き離《はな》した。

秀麗が官吏《かんり》として認められるためには、たった一人で頑張らなくてはならないのだ。十頑張っても一しか評価されない世界で、百を、彼女は求められている。

――それが、彼女自身の選んだ道だと、切り捨てるのはたやすいけれど。

『最初から、王とか高官に利用されっぱなしじゃん』

あの言葉に、秀麗は反論しなかった。彼女自身も、その事実をちゃんとわかっている。これからも、機会があれば劉輝も絳攸も、また彼女を利用する。そのことさえ、きっと秀麗はわかっている。

「……お嬢様《じょうさま》が選ぶことです」

ただ一人、静蘭だけは平静な顔で、静かにそう言った。

他《ほか》でもない、その言葉が静蘭の口からでたことに、絳攸は目を見開いた。

「主上はちゃんと全部わかっていて、何も後悔《こうかい》していないのに、絳攸殿《どの》や楸瑛殿がそんな顔をなさっていたら、立つ瀬《せ》がないではありませんか」

絳攸と楸瑛が弾《はじ》かれたように劉輝を見ると、うつむいて唇《くちびる》をかみしめてはいたが、その双眸《そうぼう》は絳攸のように揺《ゆ》れてはいなかった。

「あと、あまり、お嬢様を見くびらないでくださいね」

「……どうしたのかな、静蘭。いつもと違って、やけに積極的だね」

楸瑛がわざと軽い調子で言ってみると、読めない笑顔《えがお》で返された。

「ええ。私もいろいろ考えまして、吹《ふ》っ切れたこともあるものですから」

劉輝は居心地《いごこち》が悪そうに、そわそわと隣《となり》の兄を盗《ぬす》み見た。……この感覚は覚えがある。

（……昔の清苑《せいえん》兄上がいるみたいだ……）

自信に溢《あふ》れ、歩む道をまっすぐに見据《みす》えていた、自慢《じまん》の兄——。

「……どうします、主上。すぐ上に行きますか？　秀麗殿に会えますよ」

楸瑛の言葉に劉輝は目を閉じて、首を振《ふ》った。

「……秀麗たちが帰ったら、胡蝶に会いに行こう。あ、でも静蘭は秀麗についててくれ」

——桜が、咲《さ》くまで。

「わかりました」

静蘭は微笑《ほほえ》んで頷《うなず》いた。


胡蝶と秀麗が蘇芳のいる室《へや》に戻《もど》ると、なぜか彼は天秤《てんびん》で遊んでいた。

「……蘇芳さん？　何してるの？」

「いや、さっき向こうの扉《とびら》からおっちゃんが顔出してさ『おや新顔かね。この室にいるとは、ずいぶん胡蝶に信頼されているのだね。ちょうどよかった、こないだの画《え》を売った代金を懐《ふところ》にしまったまま忘れてたのだよ。はかって経費として帳簿《ちょうぼ》につけておいてくれ』っていうから。

この立派な衣服の俺をつかまえてさ。店の小僧《こぞう》に見えるのかなぁ」

「……この姮娥楼の大旦那《おおだんな》を、おっちゃん呼ばわりのほうがスゴイよ」

「ね、ねぇ……どうしてお金数えるのにわざわざ天秤もちだしてるの……」

胡蝶は苦笑いし、秀麗は肩《かた》を落とした。数十枚程度のお金を数えるのに、なぜ天秤。慶張の一件でしんみりしていた気分も吹っ飛びそうになるほどツッコミたくなる。

「だって、『はかって』っていうからさ」

数えてくれ、ではなく、まんま『量って』ととったらしい。それでも金は数えられるが、分銅でなく両方とも貨幣《かへい》を載《の》せてどうするのか。まったく今時のボンボンは金の数え方も――。

秀麗はふと、違和感《いわ》を覚えて天秤をよく見た。どこかが、おかしい――。

秀麗はゆらゆら揺れて釣《つ》り合っている天秤に近づいて、まじまじと見た。

そして違和感の正体に気づいた瞬間《しゅんかん》、――ぞっとした。背筋に震《ふる》えが走った。

「……どうしたい、秀麗ちゃん？　顔色が青いよ」

秀麗は青ざめながら、蘇芳に訊《き》いた。

「蘇芳さん……大旦那は、それ……画を売った代金、って言ったのよね？」

「そぉ。……うん？　あんた、ホント顔色悪いよ」

「……秀麗ちゃん？」

秀麗はゆっくりと胡蝶を振り返った。

「胡蝶妓さん……あの天秤、おかしいところ、気づきません……？」

蘇芳は目をパチクリさせて天秤皿を見ている。

胡蝶は近づいてよくよく見つめた。天秤はずっと普通《ふつう》に使っているもので、別に故障したとも聞いていない。それぞれの皿に載っているのは何枚かの貨幣。両方とも同じ金の——。

「……な、んてこったい……！」

天秤は釣り合っている。ただし、両脇《りょうわき》に載っている皿の、貨幣の枚数が違う。

同じ金の貨幣。同じ量だけ載せれば、当然釣り合う。けれど、片方に金貨を多く載せなければ釣り合わないということは——どちらかの貨幣の質が悪く、軽いからだ。それは——。

「ニセ金か……っ！」

胡蝶の目が燃え上がった。

「この姮娥楼相手に、よくもやってくれたね……」

秀麗は頭の中で必死で整理していた。贋作《がんさく》・画商・贋金《にせがね》——。

「胡蝶妓さん、大旦那が買った画ってもしかして……」

「いや、大旦那が買ったのは無名の新人の画って言ってたから、買ったのは贋作じゃない。ただ、売ったのは真筆だったはずだ。……秀麗ちゃんの言いたいことわかる。あたしもグルの可能性はかなり高いと思う。贋作であたしらの目をごまかしといて、本当の儲《もう》けどころは実はニセ金ってわけかい。贋作とニセ金で一挙両得なんざ、腐《くさ》った真似《まね》してくれる」

胡蝶は秤《はかり》の上の貨幣をつまみあげた。一番真贋判定の目安になる紋様の出来が特にすごい。

「……贋作同様、相当の出来だね……。いちばんニセ金が出回りやすい花街《うち》じゃあ、それなりの目利《めき》きを抱《かか》えてる。なのにその目さえごまかしてくれたとはね……。秀麗ちゃんが気づかなかったら、いつ気づけたかわからないくらいの出来だ」

秀麗は立ち上がり、まだコトの重大さをわかっておらずに天秤を揺らしている蘇芳を見た。

「……蘇芳さん」

「なに？」

「あなた、官吏なんですよね？」

「官位はあるっぽいけど」

「私みたいに謹慎《きんしん》中とかじゃないですよね？」

「謹慎にされるようなことしてねーもん」

「じゃ、一緒《いっしょ》にお仕事に行きましょう、お仕事。ささ、今すぐ一緒に！」

蘇芳は呆《あき》れ果てたようにちろりと秀麗を見上げた。

「……あんた、ほんっっと仕事好きな。でもヤだよ。あんた好みじゃねーもん。ガツンと求婚《きゅうこん》してこいって言われただけだし。とっととお役御免《ごめん》させてもら——」

「あのねぇ、ボーヤ。あんたんちも他人事《ひとごと》じゃないよ」

胡蝶は一幅《いっぷく》の画を見ていた。それは慶張のではなく、秀麗が最初に書翰《しょかん》と一緒に蘇芳から渡《わた》されて、まだひらいていなかった『巻物』だった。

「あんたが秀麗ちゃんに渡した『贈《おく》り物』、これも贋作だよ」

「え」

蘇芳は目を丸くしたが、すぐに納得《なっとく》したように仰向《あおむ》いた。

「……そこらに置いてあったやつ適当に選んでもってきただけなんだけど、……うちの親父《おやじ》なら超《ちょう》ありえるなー。すっげ騙《だま》されやすいんだもんよー」

その血は確実に息子にも流れている。秀麗と胡蝶はタンタンタヌキ軍団を見てそう思った。

「じゃあ余計ホケホケしてる場合じゃないでしょう！　被害者《ひがいしゃ》なんですよあなたのお父様！」

「うーん、でも親父、別に被害に遭《あ》ってるって気づいてねーからなー……」

かなりやる気のない蘇芳に、胡蝶は指をすべらせると胸元《むなもと》を引きずり寄せた。

百人中百人とも陥落《かんらく》必至の、特注のとろけるような微笑《びしょう》を浮《う》かべ、耳元で囁《ささや》いた。

「一緒に行かないと、……この世の地獄《じごく》を見ると思いな」

睦言《むつごと》のように妖艶《ようえん》な囁きなのに、――蘇芳は本能的な恐怖《きょうふ》で気づけば頷《うなず》いていた。

「……謹《つつし》んで行かせていただきます……」

「さすが胡蝶妓さん！　今のが色仕掛《いろじか》けってヤツね！」

秀麗が拍手《はくしゅ》をしたが、蘇芳はつっこんだ。

「ちげーだろ！　こりゃ脅迫《きょうはく》っつーんだ！」

「おや、あんたタダのお馬鹿《ばか》だと思ってたけど、案外理性的だね。秀麗ちゃん、あたしが鑑定《かんてい》した贋作は、まとめて羅干《らかん》が保管してる。文《ふみ》を届けておくから、行って見てくるといい」

チラッと胡蝶は扉《とびら》を見て微笑んだ。

「静蘭と一緒にね」

「おや……これはこれは藍様」

そのあと秀麗が出て行ったのとはちょうど入れ違《ちが》いに別の扉から入ってきた劉輝たちに、胡蝶は物騒《ぶっそう》に目をきらめかせた。楸瑛に向かって贋金を一枚はじく。

楸瑛はギクリとした。

「……その顔からすると、知ってたね？」

「…………」

「知ってて黙《だま》ってたってワケかい」

「……胡蝶」

「いや、いいさ。お上が何考えてるのかなんて、説明されてもね。あたしらは仕えてるわけじゃないし、あたしらも全部信頼《しんらい》して何もかも話したりはしない。どっこいどっこいだからね」

「……すまない」

「ただね、これに気づいたのは秀麗ちゃんだ、で、当然スッ飛んでいったよ」

その言葉に、劉輝たちは目を剝《む》いた。

「秀麗が!?」

「そう。調べに飛んでいったけど……、やっぱり秀麗ちゃんには見張りがついてるよ。謹慎中もなんかしでかすんじゃないかって、よっぽど警戒《けいかい》されてるみたいだね。秀麗ちゃんに手柄《てがら》立てさせたくなくて足引っ張ろうなんざ、情けないにもほどがある。……ケド」

胡蝶は苦笑いした。

「……ほんっとうに謹慎中でも自分でお仕事見つけて飛び出しちまうんだからねぇ」

胡蝶は動こうとしない劉輝たちに、眉《まゆ》を上げた。

「おや珍《めずら》しい、行かないのかい？」

「静蘭がいるなら大丈夫《だいじょうぶ》だ。それよりも先に、そなたに訊《き》きたいことがあるのだ」

「訊きたいこと？」

「碧幽谷が下街にいるらしいと聞いたのだが、何か情報はないか？」

胡蝶は碧幽谷の名に目を丸くしたあと、眉を寄せてちょっと考えこんだ。

「……そうさねぇ、幽谷自身は知らないが、手がかりになる人物は知ってるかもしれない」

「ほんとか⁉」

「うちに長逗留《ながとうりゅう》してくれてる歌梨《かりん》っていう女なら、何か知ってるかもしれない」

「……え。か、歌梨？」

聞き覚えのある名に、楸瑛は思わず口許《くちもと》に手をやった。ついさっき自信満々に追い返した男を思いだす。……しまった、嘘《うそ》をついてしまったらしい。悪いことをした。

劉輝は首を傾《かし》げた。

「……なぜ女性が妓楼《ぎろう》に泊《と》まっているのだ？」

胡蝶はうっと言葉を詰《つ》まらせた。世の中、知らなくてもいいことがある。

「……ちょいと変わっててね……。でも彼女はあたし以上の目利きなんだよ。幽谷のことを知ってる可能性があるとしたら、多分彼女くらいだろうね。あンだけの目をもつには、あっちこっちで相当イイ画《え》を鑑定しつづけてきたはずだから。幽谷の情報も握《にぎ》ってる可能性はある」

「そ、その女性はいまここに？」

「いやそれが、ほンのついさっき、すごい勢いでどっかにスッ飛んでいっちまってねぇ。一応戻《もど》ってくるとは言ってたけど、……今までにもそう言ってフラッと消えちまったことはあるから、待ってるより、捜《さが》しに行ったほうがいいとは思うけどね」

ああそうそう、と胡蝶は何気なく忠告した。

「彼女はちょいと男にゃ厳しいから、お気をつけね」

＊

王が城下へ降りてからしばらく、悠舜は一人で仕事をしていた。途中《とちゅう》、資料が必要なことに気づいて車椅子《くるまいす》を自分で回し、書棚《しょだな》に寄った。並ぶ背表紙を見上げ、ちょうど見つけた瞬間《しゅんかん》、後ろから誰《だれ》かの指先がその本を抜《ぬ》き取った。

「おや……黎深」

ぶすくれた顔つきのまま、黎深は本を差しだした。

「ありがとう。お手伝いにきてくれたのですね？」

「馬鹿をいえ。休憩《きゅうけい》がてら遊びに来ただけだ」

「……黎深、今の私はあなたの上司だということ、ちゃんとわかっているのでしょうね……」

溜息《ためいき》をついて車椅子の向きを変えると、黎深がじっと見下ろしている。

そのまま、黎深はスッと伸《の》ばした扇《おうぎ》の先で、悠舜の顎《あご》を軽くすくいあげた。

「……お前は、あの洟垂《はなた》れ小僧《こぞう》を甘やかしすぎだ」

低い声には、不愉快《ふゆかい》そうな苛立《いらだ》ちがにじんでいた。

「お前が甘やかすのは、奥方と私だけでいいんだ」

悠舜は首を傾け、ちょっと微笑んだ。

「いやですよ。ろくに文もくれなかった友人は甘やかしません」

黎深の深い瞳《ひとみ》の色は変わらなかった。本気の時は、どんな茶化しにも応じない。

「お前が何もかも引き受けて、楯《たて》になる必要なんかない。……宰相位《さいしょうい》を降りろ。死ぬぞ」

「そうですねぇ……。でも、ほしいものがありますから」

「ほしいもの？　お前が？　なんだ？　そんなもの、いくらでも私がくれてやる」

「いいえ。命を賭《か》けないと、手に入れられないものですから」

頤《おとがい》にかかる扇をそろえた指先で外す。黎深はますます苛立ちを濃《こ》くした。

「お前が、あの洟垂れ小僧に跪《ひざまず》くのを見るのが面白《おもしろ》くないんだ。お前、いま私とあのハナタレのどっちをとると訊いたら、絶対ハナタレを選ぶだろう」

「ええ。よくわかっていますね」

「――だから面白くないんだ！　今すぐ宰相やめろ！　あんな小僧ほっとけ！　私を選べ！」

悠舜はなんだか不倫《ふりん》でもしている気分になった。凛《りん》が聞いたらどう思うだろう。子供のようにカッカと癇癪《かんしゃく》を起こす黎深を見上げる。

……決めたことがある。

「いいえ。黎深、あなたが私を選んでください」

黎深は驚《おどろ》いたように口をつぐんだ。ややあって、ぷいとそっぽを向いた。

「……お前が尚書令《しょうしょれい》になっても、私は変わらん。国なんかどうでもいいし、王家もキライだ」

「変わってほしいとは思っていません。ですから、あなたの意思に任せます」

譲らない悠舜に、黎深は唇《くちびる》を噛《か》んだ。そう——茶家なんぞに、この男をどうこうできるわけがないのだ。この紅黎深の言葉さえ聞き入れない男を。

どうやら珍《めずら》しく葛藤《かっとう》しているらしい黎深のために、悠舜はさりげなく話を変えた。

「まあ、しばらくは大丈夫ですよ。凛も護身用に隠《かく》し武器をつくってくれましたし」

「……隠し武器？」

「そう。まだ試作品といってましたけれど。この杖《つえ》の柄をね、確かこう回して——」

悠舜が奥さんに言われたとおり杖の柄を回すと、ポン、という破裂音《はれつおん》とともに勢いよく——

なぜか造花の花束が飛び出した。……仕込み杖ならぬ、仕込み花束。

二人は杖の先にわさっと咲《さ》いた花束を間に挟《はさ》み、しばし沈黙《ちんもく》した。

「…………。…………おや？」

「…………。なにがおや？　だ。売れない芸人にでもなるつもりかお前」

黎深が杖をのぞきこんだ瞬間、造花のなかから飛び出した玉が見事に黎深の眉間《みけん》に命中した。玉が割れた瞬間、なんと胡椒《こしょう》が飛び散った。黎深はもろに目と鼻に胡椒攻撃《こうげき》を受けた。

「いてっ……っくしゅん！　へっくしゅん!!　ふぁっくしゅん！」

たまらず涙目《なみだめ》でくしゃみを連発する黎深をよそ目に、悠舜は感心して杖を眺《なが》めた。

「……時間差と心理戦の連係できましたか。黎深も引っかけるとはさすが私の奥さんです」

「お、お前！　他《ほか》にも奥方、に！　何か妙《みょう》ちきりんなものもらってきたのではなかろうな！」

おでこを押さえ、くしゃみをしてわめく年下の友人に、悠舜は笑いだした。

「『氷の長官』の威厳《いげん》を取り戻すまで、この室《へや》にいて仕事を手伝ってくれてもいいですよ？」

悠舜の仕事は尚書省の統括《とうかつ》なので、吏部《りぶ》の決裁も含《ふく》まれる。結局は絳攸の仕事量もちょっとは減って楽にしてあげられるだろう、とまでは言わないでおく。

「仕事をしない人は、この室から即刻《そっこく》出て行ってもらいますからね」

「…………。……わかった」

さすがの黎深も、真っ赤に充血《じゅうけつ》した目でボロボロ泣いてくしゃみして洟を垂らす情けない姿をさらしながらウロウロ回廊《かいろう》を歩くくらいなら、ここで仕事をしているほうが百倍マシだった。

万一絳攸や鳳珠にでも見られたら——本気で何をしでかすかわからない。

紅黎深におとなしく仕事をさせたこの武勇伝がのちに朝廷《ちょうてい》を震撼《しんかん》させ、鄭悠舜の名を一躍《いちやく》ガツンと高めるのに一役どころでなく買ったのは、もう少しあとの話になる。

第三章　謎を追っかけ西へ東へ

姮娥楼を出た瞬間、蘇芳は秀麗から逃《に》げようとした。

が、秀麗が目敏《めざと》く気づいて袖《そで》をつかんだ。

「あっ、手伝ってくれるって言ったじゃないの！」

「言ってねぇ！　なんで俺を巻き込むんだー！」

「だって官位があったほうがいいときがあるかもしれないんだもの！　お願い！」

「あ、あんたなー」

瞬間、ズビシ！　と蘇芳の後頭部にしたたかに何かがぶつかり、蘇芳は目から火花が散ったかと思った。すかさず涙目で後ろを見ると、先ほど合流した静蘭とかいう男がちょうど跳《は》ね返ってきた『何か』を受け止めているところだった。それはまるまるとしたタケノコ一本。彼は何もなかったように、今の出来事を見てしまって呆然《ぼうぜん》としているタケノコ売りのおっちゃんににこやかに代金を払《はら》っていた。ぶつけられたのはあのタケノコだったらしい。

（オニかあの男ー！）

「タンタン君」

にっこりと紅秀麗の『家人』とかいう男が笑った。秀麗が「求婚《きゅうこん》しにきたひと」と紹介《しょうかい》した瞬間から、なんだか蘇芳は命の危険を感じてしょうがなかった。

（ていうかなんだよタンタン君て……）

タンタンタヌキから勝手に命名したらしい。まるでお前なんかタンタンで充分《じゅうぶん》だといわんばかりである。

「男なら、言ったことは守るべきだと思いませんか」

「いや別に」

今度は蘇芳は何かにすべって後ろにスッ転び、後頭部をしたたかに地面に打ち付けた。タケノコの皮が一枚ひらりと舞《ま》い落ちて、蘇芳の顔に着地する。すべったのはタケノコの皮だったらしい。もちろん偶然《ぐうぜん》蘇芳の足の下にすべりこむわけがない。なんという家人だ。しかも前を向いているとはいえ、紅秀麗はまったく気づかない。

「あら、なんでタケノコもってるの静蘭」

「今日のお夕飯にどうかと思いまして」

「そうね。いいわね。今が旬《しゅん》だものね。穂先《ほさき》の姫皮《ひめかわ》だって食べられるし。米ぬか加えてゆでて、刻んだ大根と叩《たた》いた梅肉で和《あ》えたの、静蘭好きだしね」

「はい。タンタン君も快く一緒《いっしょ》に夕暮れまで付き合ってくれるそうですよ。ね？」

「…………」

タンタンは是《ぜ》と言わなかったが、有無《うむ》を言わさず静蘭に引きずられることになった。

──が、蘇芳はすぐに否と言わなかったことを後悔《こうかい》した。

「……なんで賭場《とば》なんだよ⁉」

人相の悪すぎる男たちが、あまりにも場違《ばちが》いな蘇芳をじろじろ見てくる。金のタヌキは目立つので、一応手提《てさ》げ袋《ぶくろ》に入れて持ち歩いているが、なんだか自分が金のタヌキになったかのような気分だった。まだ午《ひる》なのでほとんど人はいないが、それにしたって怖《こわ》すぎる。というか、この女はなんで平気な顔でこんなとこに足を踏《ふ》み入れてるんだ。

「だって、胡蝶妓《ねえ》さんが羅干《らかん》親分のとこに行けって言ってたじゃない」

蘇芳は真っ白になった。──親分⁉

ちょうどそのとき、奥から総白髪《そうしらが》を綺麗《きれい》になでつけた老人が出てきた。一見、どこかの貴族といっても通用する風貌《ふうぼう》だったが、その目を向けられた蘇芳は反射的に縮み上がった。

(コワ‼)

しかし秀麗と静蘭は笑顔《えがお》で丁寧《ていねい》に頭を下げた。

「お久しぶりです、羅干さま。突然《とつぜん》お邪魔《じゃま》しまして、申し訳ありません」

「いいや。よくきたな、嬢《じょう》。ふ、朝廷に見切りを付けて、またここで帳簿《ちょうぼ》付けの賃仕事をしてくれる気になってくれたのかな」

「ええっとぉ」

「ふふ、よい。困らせてしまったな。胡蝶から使いがきている。こちらへきなさい。……そちらの小僧《こぞう》は？　見ない顔だな」

「……えー、私と同じ官吏なんですけど」

途端《とたん》、ギラリと周りから極悪《ごくあく》な視線が突《つ》き刺《さ》さり、蘇芳はハリネズミの気分になった。基本的に、破落戸《ごろつき》を取り締《し》まるお役所と裏の男たちの仲が最悪なのは当然のことである。

秀麗は慌《あわ》ててとりなした。

「そ、その、私、いま何の権限ももってないので、お願いしてこの人に一緒にきてもらってるんです。別にガサ入れとかじゃなくて」

「おわー！　何いってんだ！　余計あやしまれるじゃん！」

羅干と呼ばれた親分は、チラリと蘇芳を見た。

「……まあ、嬢と一緒ならよかろう。身ぐるみ剝《は》がして売り飛ばしたくなるような格好をしているが、皆《みな》の者、手を出さぬようにな」

「……あー。じゃ、俺は外で待ってるから、行ってくれば」

蘇芳が何気なさを装《よそお》ってそう言うと、秀麗は疑いもせずに頷《うなず》いた。

「わかったわ。じゃあすぐ戻《もど》ってくるから」

なぜか、今回はあのおっかない家人も何も言わなかった。秀麗が奥に消えると、蘇芳はほくそ笑んだ。ふっ……なんて頭がいいんだ俺。このままトンズラこいてやる。こんなおっかねぇとこにいつまでもいてたまるか。

意気揚々《いきようよう》と振《ふ》り返った瞬間、蘇芳は凍《こお》りついた。

まるで「オウこのガキャ、逃げようもんならとって食うぜよコラ」とでも言うかのように、強面《こわもて》の男たちが爛々《らんらん》と目を光らせている。

うしろから、ぬっとぶっとい腕《うで》が突き出て蘇芳の肩《かた》に回された。

「……おう兄ちゃん、お嬢が出てくるまで、ちょいと遊んでかねぇかい？」

にやり。そんな擬音語《ぎおんご》が聞こえたように蘇芳は思った。


——少し経《た》って、用を終えて奥から出てきた秀麗と静蘭が見たのは、見事に賭博で身ぐるみ剝《は》がされまくり、まさに手下たちに男の最後の砦《とりで》、フンドシまでもひんむかれようとしていた蘇芳の姿であった。静蘭でさえ残していったのをちょっと不憫《ふびん》に思った光景だった。

「……ひどい目にあったぜちくしょう……」

すべての元凶《げんきょう》は、どこぞの女に求婚しに行ったことだとしか思えない。

ちゃんと返してもらったものをひとつひとつ身につけながら、蘇芳がぼやく。タンタンタヌキ軍団までまた身につける蘇芳に、秀麗は言ってみた。

「……ね、それ、全部包みにしまっておいたら？」

「ダメダメ。肌身《はだみ》離《はな》さずつけてないと悪いことが起こるって言われたもん」

そりゃ、お守りどころか呪《のろ》いの品ではないか、と秀麗と静蘭は思った。

（……こ、このひと……ほんっとに大丈夫《だいじょうぶ》かしら……）

今まで年上といえばたいがいしっかり者が多かった秀麗は、本気で心配になった。劉輝は確かに騙《だま》されやすいが、なんだかんだいって結局たいした被害《ひがい》に遭ってはいないし。

蘇芳が身支度《みじたく》をしている最中、『贋金《にせがね》』の一件が秀麗の脳裏《のうり》を過《よ》ぎった。画商が贋金とも関《かん》与《よ》しているなら、この贋作《がんさく》と一緒に流通しているはずだが——秀麗は言うべきかどうか迷った。

贋作はともかく、贋金は国の一大事だ。つくれば問答無用で死罪だし、何より市場が混乱する。秀麗一人でなんとかできる類《たぐい》のものではないし、あちらこちらに言いふらすわけにはいかない。ましてや今の秀麗は何の権限もない無官の身だ。一応、胡蝶にも口止めしてきたが——。

秀麗は結局『贋金』の件は言わず、ただこうとだけ言った。

「ところで羅干親分、金物屋さんに関して何か苦情がありましたら、言ってください」

すると、羅干は面白《おもしろ》そうに秀麗を見た。……秀麗はぎくりとした。何も言わずとも、全部筒《つつ》抜《ぬ》けてしまった気がしたが、もう後の祭りである。人生経験に差がありすぎる。

「わかった」

けれど羅干は何も訊《き》かずにただ鷹揚《おうよう》に頷いた。

一方、劉輝たちは碧幽谷の手がかりをつかむために、姮娥楼を出たあとその歌梨という女の行方《ゆくえ》をさがすことにした。——が。彼女の謎《なぞ》な行動に首を捻《ひね》ることになった。

「どうやら歌梨という女性は、なぜか書画屋を片っ端《ぱし》から当たっているようですね」

通りを歩きながら配下から受け取った文《ふみ》に目を通していた楸瑛は顎《あご》に手をやった。

「店で贋作を見つけたら『贋作！』と指摘《してき》して、次の店に飛んでくらしい」

「お前の配下でつかまえられないのか？」

「……うーん、何回か声をかけてみようとしたらしいんだが、……なんだろう、詳《くわ》しくは書いてないが、ことごとく蹴《け》散らされたらしい……」

なんだか、その部分に涙《なみだ》の痕《あと》のような染《し》みがにじんでいるのは気のせいだろうか。

そのとき前方から一人の女が土埃《つちぼこり》を蹴《け》立《た》てて猛然《もうぜん》と駆《か》けてきた。

「おどきなさいそこな下郎《げろう》ッ!!　邪魔《じゃま》ですわっ」

一喝《いっかつ》され、三人がえっと思ったときには、すでにすれ違って後方に走り抜《ぬ》けていた。

あまりの突進ぶりに、誰《だれ》もが悲鳴を上げて飛び退《の》くようにして道を譲《ゆず》っている。一つに束ねた巻きの強いくるくるとした長い髪《かみ》が背中から浮《う》きっぱなしだ。

「……な、な、なんだ、今の猪《いのしし》みたいな女は」

「それは失礼だよ絳攸。かなりの美女だったよ。勝ち気そうな目に、ちょっとつり上がった細い眉《まゆ》。柳《やなぎ》みたいな腰《こし》にふくらんだ赤い唇《くちびる》。歳《とし》は二十半ばとみたね」

「なんで今の一瞬《いっしゅん》でそんだけわかるんだ貴様は!?」

「……下郎……余ははじめて下郎と言われた……」

呆然《ぼうぜん》と見送っていると、あんまり人相の良くない輩《やから》が、突っ走ってくる女に気付き、にやにや笑って遊び半分で道を塞《ふさ》ごうとしているのが見えた。さすがに助けに行ったほうがいいかと楸瑛と劉輝が足を踏《ふ》み出したとき――。

女は一切《いっさい》足を止めず、そのまま迷わず男の股間《こかん》めがけて跳《と》び蹴りを食《く》らわした。

まるで紙芝居《かみしばい》でも見ているようにゆっくりと男が悶絶の悲鳴をあげてうしろにぶっ倒《たお》れ、女はひらりと着地、かつトドメとばかりに男の顔面を問答無用に踵《かかと》でげしっと踏みつけた。

「まったく男というのは害虫の別名をいうんですわ!!　死んで出直しなさい!!」

吐《は》き捨てると、女はまたまた全力疾走《しっそう》で駆け出し、近くの小路に消えた。

「…………」

「…………余も……害虫か…………」

「…………。ええと……あっ、秀麗殿《どの》の情報も書いてありますよ……」

楸瑛が気を取り直して書翰《しょかん》に目を落とした。いまのことは忘れることにしよう。

「あ、凄《すご》いな。羅干親分の店にも秀麗殿は入れるのか。私でも門前で立ち話が精々なんだが」

「羅干親分？」

「ええ。胡蝶より上格の大親分ですよ。そこで保管されていた贋作をもっていったらしいですね。あと、なんと『金物屋さんに苦情があったら教えて下さい』と頼《たの》んでいったとか」

劉輝と絳攸が目を丸くした。ややあって、絳攸は額を押さえた。

「……御史台《ぎょしだい》がやることを秀麗がやってるぞ。本格的にまずいんじゃないか」

「……いや、秀麗は御史台が動いてるとは思っていないのだ。だから……」

言われて気づいた絳攸は思わず呻《うめ》いた。

「そうか、そうだったな。……いつもなら正しい、んだが……」

監査《かんさ》の御史台が動くには、ある前提条件がある。秀麗はまだそれを知らない。

「秀麗のことだ。ガサガサしたり犯人《ホシ》を挙げる前に上申書を出してくれると思うが……」

……ガサガサする、とはどうやら家宅捜索《ガサいれ》のことらしい。楸瑛はこめかみをもんだ。

「……主上、なんです、そんな言葉どこで覚えたんです」

「フフ……霄太師からもらった本で、余も日々庶民《しょみん》の勉強をしているのだ。偉《えら》いだろう。自慢《じまん》の主上だろう？　ささ、遠慮《えんりょ》なく褒《ほ》めてくれていいぞ」

胸を張る劉輝の両頬《りょうほほ》を、絳攸がうにょーんとひっぱった。

「そんな言葉より先に、謙虚《けんきょ》という言葉を覚えてほしいもんですね」

「……あの……そなたは『尊敬』という言葉を知っているか？」

「ええ、もちろん。いつその言葉を使えるかじりじりしながら待ってますよ」

劉輝はひっぱられた頬をさすりながら、楸瑛の報告を思い返した。

楸瑛でさえ門前での立ち話しかできなかったというのに、秀麗は贋作《がんさく》の持ち出しを許された。秀麗が他のぼっちゃん官吏《かんり》と違《ちが》うのは、育ってきた環境《かんきょう》だ。賃仕事であちこちに顔を出し、道寺《てら》で子供たちに勉強を教えがてら懸命《けんめい》に働き、培《つちか》ってきた人との信頼《しんらい》関係。

「……今の御史台長官は手段を選ばない上に矜持《きょうじ》が高いと聞いている……」

絳攸は劉輝の言いたいことを察して、溜息《ためいき》をついた。

「……ええ。秀麗は知らず知らずに相当なツテをつかんでいる……御史台が知ったら、確かに面白くないだろうな……」

「もしかしたら、秀麗が動いたことで案外早く決着がつくかもしれぬ。あんまりのんびりしてもいられなくなったな……。今日は本気で幽谷を捜《さが》そう。なるべく早く歌梨とやらの女人《にょにん》を見つけて、幽谷殿の居場所をつかまねば……」

楸瑛は何やら嬉《うれ》しそうな顔をした。

「それが、歌梨という女性はかなりの美女だそうですよ。会うのが楽しみですねぇ」

絳攸はまだ路上でのびている大男を皮肉げにチラリと振り返った。

「はっ、さっきみたいな女だったらどうする？」

「まさか。歌梨なんていう優《やさ》しい響《ひび》きの名前の女性がそんなわけないよ。……まあ、確かにさっきの女性もかなりの美女だったけど……まさかね」

絳攸も、自分で言い出しておきながら、さすがに捜索《そうさく》相手があんな女なのは嫌《いや》だと思い直し、自分に言い聞かせるように頷《うなず》いた。

「……まさかな」

「……ま、まさかなのだ」

うんうんと三人は頷き、さっきの女性とは反対方向にそそくさと歩き出した。

「そういえば主上、珍《めずら》しく邵可様のお邸《やしき》に行こうとは言いませんね？」

「ん？　ああ、いいのだ。……待っていることがあるから」

「待っていること、ですか？」

「うむ。そうしたら、一緒《いっしょ》に行こう。きっと、おいしい茶州の野菜料理が食べられるぞ」

「なんだ、やけに具体的だな。なんで野菜料理で限定なんだ」

故意に、胡蝶の「男には厳しい」発言を忘れようとした三人は、なるべく他愛《たあい》のない話を頑《がん》張《ば》ってしゃべりながら、とりあえず書画屋をあたることにしたのだった。

◆ ◆

そのころ、城では碧珀明が必死になって仕事を終わらせようとやっきになっていた。

(まずいまずいまずい！　幽谷がきてるということはあの二人もきてるはず――)

いつもフラフラしている幽谷だが、必ず三人一緒で行動している。……何ごともなければ。

しかし、何ごともないほうが珍しいことを珀明はよく知っていた。

この貴陽に三人仲良くきていたとしたら、絶対珀明のところに『訪ねる』という連絡《れんらく》はくる。こないということは、またまたなんか妙《みょう》なコトでバラバラになったに違いない。

(平日ならともかく、もしかしたら今頃《いまごろ》誰か僕の邸にきてるかもしれないっていうのに――)

公休日にまさか仕事をしているとは夢にも思うまい。

頭を抱《かか》えた瞬間、湯呑《ゆの》みが飛んできて珀明の脳天にカーンと当たった。

「ウルァ珀明!!　上の空で仕事すんじゃねぇ！　余計帰るの遅《おそ》くなんだろが!!　おら茶ぁ淹《い》れたあとコイツを府庫に返しにいってこい！　俺は！　俺は今日彼女のご両親にゴアイサツに行くはずだったたってのにこんちくしょぉおお仕事しろよ尚書《しょうしょ》――――っっ!!　こないだヘン

に仕事終わらせて夢見させるからうっかり約束しちゃったじゃないか――――っっっ！」

先輩《せんぱい》官吏が怒《おこ》りながら泣き伏《ふ》した。こんなコトは日常茶飯事《さはんじ》で、今さら珀明も驚《おどろ》かない。

休日出勤とは、えてして人からイロイロなものを奪《うば》うものだ。理性とか、……彼女の愛とか。

別に彼女もいない珀明は今まで休日出勤でも何とも思わなかったが、今日ばかりは違った。

一刻も早く仕事を終わらせ幽谷たちを捜すべく、速攻《そっこう》で出がらしの茶を淹れ、大量の資料を両手に抱えて府庫にスッ飛んでいく。焦燥感《しょうそう》でいつもの三倍は速度があがるのがわかる。

(早く終わらせて家に帰って情報を集めないと！)

珀明は『悪鬼巣窟《あっきそうくつ》』吏部の名にふさわしい、鬼《おに》のような形相で府庫へ駆《か》けたのであった。

そうして駆け回る中、途中《とちゅう》で何度か「嫁御《よめご》ぉおおおお」「主上〜〜〜！」とやはり全力疾走《しっそう》で駆け回っているモコモコ羽令尹とすれ違った。

五度目にすれ違ったとき、なんだかお互《たが》い妙な親近感が湧《わ》き、ちらりと視線を交《か》わした。

まるで以心伝心のように、その一瞬、二人は同時にグッと握《にぎ》り拳《こぶし》をつくった。

歳《とし》なんて関係ない、男同士、何かが通じ合った瞬間だった。

頑張ろう、と碧珀明は心を新たに猛然《もうぜん》と駆けた。

……あまりに自分と幽谷のことを考えすぎていて、現在王が絳攸と一緒に城下に降りているらしいということを、「うーさま」に教えることさえ忘れていた珀明であった。

――そのころ、珀明邸《てい》の門前には、まさに彼が危惧《きぐ》していた通り、一人の男が訪ねていた。

それは姮娥楼で楸瑛に（故意ではなくとも）嘘《うそ》を教えられて追い返された男であった。

「……え？　珀明くん、公休日なのにお仕事なんですか？」

門番に珀明不在を伝えられた男は、なぜか逆にホッとしたような顔をした。

「それじゃ、邪魔《じゃま》しちゃ悪いね。私が訪ねてきたことは、彼には言わないでおいてください」

もし歌梨とあの子が珀明邸を訪ね《こ》ていたら、きっと珀明は門番に何かしら自分宛《あて》の伝言を残しているはずだ。不審《ふしん》そうな門番を見れば、誰《だれ》もきていないのだろうと、彼は当りをつけた。

（あー……でも本当にどこに行っちゃったんだろう……いつもながらボーッとしていた僕が悪かったとはいえ……まさかこんなに見つからないとは思わなかった……）

男は少々焦《あせ》り始めていた。いつもなら、バラバラになってもだいたい見当を付けたところにいてくれた。離《はな》れてもこんなに長い間見つからないなんてなかったのに――。

（でもまあきっと、歌梨さんは絶対あの子と一緒にいてくれるはずだから――）

それだけはホッとしながら、次はどこを捜そうか考えた男は、偶然《ぐうぜん》近くの「迷い猫《ねこ》さがしてます」の貼《は》り紙を発見し、ポンと手を打った。

「あ、似顔絵描《か》いて捜したらいいのか。……でも勝手に描くなって言われてるんだよな……」

どうしよう、と悩《なや》みながら、とりあえず今日明日の宿を決めた。

「……うーん、とりあえず今日捜して見つからなかったら、玉《ぎょく》くんのとこに行って泊《と》めてもらおう……でも珀明くんが仕事してるなら、工部侍郎《じろう》も働いているのかな……」

「……うーん、これ、贋作《がんさく》ってことは、描いてる誰かがいるのよね……」

秀麗は歩きながら、羅干親分のところで引き取らせてもらった十いくつの巻物のうち、一つを難しい顔で見つめた。

「巻いて持ち歩けるくらいの小品ばっかりだし――なるべく短時間で描けて売れるものだけ選んでるっていう感じよね……」

ぶつぶつと考えをまとめる秀麗の隣《となり》を歩きながら、蘇芳は後ろを歩く超絶《ちようぜつ》美形の『家人』をそろりと見た。隙《すき》あらばトンズラしようと画策していたが、そのたびにあのおっかない家人にひそかにとっつかまり、何度もタケノコを投げられたりして失敗つづきである。

「……あーのさぁ、画商のほうって、あのこえぇ親分が調べたけどわかんなかったんだろ？むりむり。君にそれ以上何ができんの」

「んー。そうなのよね。だから、別方向からちょっと調べてみようと思って。今の私にできることっていったら、調べられるだけ調べて、なるべく早めに上申書出すことくらいだもの」

蘇芳は横目で秀麗を見た。

「……あんたさー」

「なに」

蘇芳はじっと秀麗を見つめ、溜息《ためいき》をついた。

「……なんでもねー」

ちなみに贋作の大半は静蘭がしょっている。最初は蘇芳に押しつけていたのだが、秀麗がタケノコを背中にしょったことで、秀麗と蘇芳が仲良く同じ格好をしているように見えたので、蘇芳から風呂敷《ふろしきづつ》包みを奪《うば》ってしょったのである。しかし背が空いた蘇芳が今度は手提《てさ》げの金ぴかタヌキの置物を背中にしょったので、今では三人仲良く同じ格好で通りを歩いている。楸瑛あたりが見たら、「……田舎《いなか》からでてきた三兄妹《きょうだい》？」とか言ったかもしれない。

「……で、これからどこに行くつもりなわけ？」

「えーと、『嘉永《かえい》書画』っていうお店」

「……なんで？」

秀麗は羅干親分からもらった書翰《しょかん》を蘇芳に差しだした。

「羅干親分にもらったこの情報からすると、騙《だま》されて画《え》を買った人って、大半が『謎《なぞ》の画商』の口車に乗せられて直接買ってるんだけど、残りの人は、書画屋で選んで自分で購入《こうにゅう》してる……嘉永書画って、そのお店の一つなのよ。ほら、書翰に載《の》ってるでしょ？」

「ナニ、じゃあその書画屋のオヤジとかが『謎の画商』だとでもいうわけ？」

静蘭は呆《あき》れてこめかみをもんだ。

「タンタン君……君、ちょっと短絡《たんらく》思考すぎると思いませんか」

「……どーせ頭悪いよ」

「頭悪いんじゃなくて、使ってないっていうんですよ」

秀麗はどう説明したものか、ちょっと上を向いた。

「……うーんとね、タンタン。このさい『謎の画商』はどうでもよくって」

「いいのかよ」

「だって、親分が見つけられなかったのに私一人じゃむりってタンタンだって言ったでしょ」

「…………。……まあ、そーだよな」

「でも、贋作そのものにしぼって見れば、ちょっとおかしい点があると思うのよね」

静蘭がしょっている包みから、秀麗は巻物を一本とりだした。

「この贋作ねぇ……ちょーっと引っかかるのよね……」

「はあ？」

「贋作を本物と信じ込ませて売るためには、絶対必要な前提条件があるじゃない？」

蘇芳はうーんとうなった。

秀麗はキラリと蘇芳のタヌキ軍団を指さした。

「銀のタンタンタヌキ軍団をよーく見ればわかるかも」

「これが？」

蘇芳は自分の格好を見回した。金のタヌキ置物が一つ、銀のタヌキは耳・腕《うで》・指輪と複数、白金のタヌキは首飾《くびかざ》り一つ……。銀のタヌキは複数……複数？

「あっ、そーか。真筆がどこにあるかバレバレだったりしたら、贋作売ってもすぐニセモノってばれるよな。真筆は行方《ゆくえ》知れずとかじゃなくっちゃダメなワケか。……ん？　でも、なーんか引っかかるなぁ。それってさぁ、おかしくない？　なんで貴陽でわざわざ売るわけ？」

静蘭はパチパチと拍手《はくしゅ》した。

「そのとおりですね。王都貴陽で画を買うお金持ちや貴族は、相当目が肥えているものです。教養も高く情報網《もう》も広いですから、どこそこの貴族は某《ぼう》画の真筆を所持している、誰々の邸《やしき》には某君の画が飾ってあるなどなど、ちょっと聞けば鐘《かね》のようにカーンと返ってくるものです。自慢《じまん》したがりが多い上に、贋作なんて一生モノの恥《はじ》。つまり、貴陽は碧都と並んで、贋作が流通しにくい場所といえるでしょうね」

「……だよな。じゃ、なんで？」

秀麗は巻物を軽く振《ふ》った。

「わざわざバレる可能性の高い貴陽で売ってるのは、描き手が貴陽にいて、かつ他《ほか》の街に確実に運搬《うんぱん》できる能力のない、そんな大きな組織じゃないから、でしょうね。……まあ、胡蝶妓《ねえ》さんでさえ真贋判定に手こずった腕前だから、単に自信があっただけかもしれないけれど」

しかし蘇芳はまだ首を捻《ひね》っていた。

「……んーとさぁ、そこだよな……。いくら腕前に自信があったっつっても、なんで『謎の画商』はそんなに自信もっていろんな贋作を売りまくれたわけ」

秀麗はにっこり笑った。

「タンタン！　全然頭悪くなんてないじゃないの！　なんで使わないの」

「…………なんか……褒《ほ》められてる気がしねー……」

「褒めてるのよ。まさにそこ、私もそこが気になったのよ。あっちこっちの大貴族とか王家が大量の真筆を所持しまくって見せびらかして自慢合戦とかしちゃってるこの貴陽で、どうして一人の画商がこんなにたくさんの贋作をバレずに売ることができたのか。もちろん、高い技術の贋作だっていうのはもちろんだけど」

どんなに良くできていても、別の誰かが『真筆』を所持していれば怪《あや》しまれるのは当然だ。買い手に贋作を真筆だと確信させて売るには『真筆の所在を誰も知らないこと』。

「ふた月っていう短期間で、こんだけガンガン売ったってコトは、『謎の画商』は『この贋作の真筆の所在は絶対知られてない』っていう確信のもとに売りまくったとしか思えないわ。買い手だってそうじゃなきゃ買わないし」

「だから、なんでこの貴陽でそんな確信がもてるわけ？　他の田舎街とかならともかくさー。どっかのエライ高官とか、もってるかも知れないって思うのが普通《ふつう》だろ。しかも今まで贋作だってバレてなかったってことは、この巻物全部真筆の所在不明だったってことだろ？　こんな一点集中で大量に『所在不明』の贋作ばっか集められるのって、おかしすぎるだろ」

「それがねぇ、逆に考えれば、ぴったりハマったりするのよね……」

「逆？　こーか？」

「……巻物逆さにして見てどうすんの。大旦那《おおだんな》の言葉、よく思い出してみてタンタン」

しかし画を見た蘇芳は、ふっと何か違和《いわ》感を覚えた。

「……あれ、これ……」

「どうしたの？」

「いや……。……で、逆だっけ？　逆……大旦那……ああ、そっか……」

蘇芳はひらいていた絵巻物をくるくると閉じた。

「『謎《なぞ》の画商』が『真筆』をもってればいいわけか……。そりゃ、贋作売ってる当人が『真筆』もってりゃ、『所在不明』に自信満々なのは当然だよな……自分とこに本物あるんだから」

秀麗と静蘭は顔を見合わせた。……なぜタンタンは急に鋭《するど》くなったのだろう。

「そうね。そう考えればピッタリくるのよ」

――『真筆』を、画商に売ったという、姮娥楼の大旦那。

「どうして一介《いっかい》の画商がこんなに『真筆』をもってるのかっていうのも、その画商が正々堂々と貴族やお金持ちから『真筆』を買い集めたなら、別におかしくないわ。買いとった『真筆』を手下の画師に見せてそっくりの贋作を描《か》かせる。で、それを『真筆』として売る。『謎の画商』が某氏からナニナニの画を買い取ったっていう噂《うわさ》があればなお信憑《しんぴょう》性は増すし。『贋作』を売ってお金を儲《もう》けて、『真筆』は自分の懐《ふところ》にしまうって算段よね。……しかも……」

「…………しかも？」

「……その代金に、ニセ金が混じってたでしょ」

「……ああ……なるほどね……」

蘇芳はどこか適当そうに溜息《ためいき》をついた。

「……『真筆』を買い取るとき、ニセ金使えば、二重にボロ儲けってことね。で、君は『謎の画商』そのものじゃなくて、このところやけに『真筆』を買い集めてる画商の噂を訊きに、わざわざこの嘉永書画に行くわけね。この店で、『贋作《がんさく》』が売られてたってことは、姮娥楼の大旦那みたいに、その画商に直接会って買った可能性が高いから」

　静蘭は目を丸くした。

「……どうしましたタンタン君、いきなり回転が速くなって」

「……べっつにー」

　ちょうどそのとき、嘉永書画に到着《とうちゃく》した。

＊　＊　＊

「……なんなんだ、歌梨て女は……」

　一日中歌梨という女を追って歩きづめだった絳攸はげっそりと肩《かた》を落とした。もともと文官の絳攸には体力的にもうきつい。

　どう考えても歌梨という女は一日中走りっぱなしだとしか思えない。

　宋太傅にきたえられて実は底なしの体力の持ち主である劉輝は、まだ余力がある。が――。

「できれば今日中に幽谷の居場所だけでも確認《かくにん》したかったが……」

　劉輝は日の傾《かたむ》きを見て、渋《しぶ》い顔をした。……もうそろそろ城に戻《もど》らないと、さすがにまずい。

　夜中まで戻らないかもしれないと、悠舜や珠翠に言ってくれればよかった。

　そのとき、書画屋から難しい顔をして楸瑛が出てきた。

「楸瑛、何かわかったのか?」

「……いえ。でもそれよりもですね。気になったことが。ちょっとこの画《え》、見てください」

書画屋で買ったらしい画を、ザッと広げる。

「秀麗殿《どの》たちもこの店にきたらしいんですが、店主が門前払《ばら》いしたので、この贋作は引き取れなかったみたいですね。問題なのは、この画の筆蹟《て》……」

劉輝と絳攸が示されるままにその画をのぞきこむ。確かに、かなり出来のいい贋作だ。劉輝でさえ、気をつけて注視しなくては気づかないかも知れない。

が、パッと見た瞬間《しゅんかん》、……どこか、頭の隅《すみ》に引っかかる妙《みょう》な違和感があった。まるで騙《だま》し絵のように、この絵のなかに、何かが隠《かく》れているような——。

『違和感』に気づいた瞬間、劉輝は思わず叫《さけ》んでしまった。

「……待て……これ、幽谷の画に……どこか、似てる……」

「だと、思いました? 私もです。ものすごくよくできた贋作ですし、幽谷の画をよほど多く見たことがなければ、気づかないでしょうね。……静蘭も、多分気づいてないと思います。幽谷の画が少しずつ出回り始めたのは十年ほど前からですし……」

「うむ。だが、似てる『気がする』が、幽谷と言い切れない気がする……」

幽谷の描く画は、ひとことでいえば無茶苦茶で異様な迫力《はくりょく》、だ。

たとえば風の中、一本の柳《やなぎ》の下をトボトボ歩く鬼女《きじょ》。美しい仙女《せんにょ》が、醜怪《しゅうかい》な鬼《おに》に愛《いと》おしそうに手ずから桃《もも》を食べさせる画。これでもかというくらい画面一杯《いっぱい》に筆を描き込み、朱《しゅ》や青色を入れ、余白の美など考えもしない。調和とは無縁《むえん》の、見ただけで頭がぐるぐるするような墨様で気持ち悪い――しかし目を惹《ひ》きつけずにはいられない壮絶《そうぜつ》な迫力――。そうかと思えば、墨《すみ》の濃淡《のうたん》だけで月夜の山水、庵《いおり》で滝《たき》を見る隠者《いんじゃ》をさらりと描き、存分に余白の美しさを活《い》かして見る者の息を呑《の》ませる――静謐《せいひつ》で優《やさ》しい、どこまでも遠く高く、この世の果ての深山に本当に自分が降り立ったかのような、吸い込まれそうに繊細《せんさい》な画をポンと出してきたりもする。

あまりにも相反する魅力《みりょく》――それでいて、どちらともに魂《たましい》に画を直接刻み込むような、余人に真似《まね》のできない凄艶《せいえん》でどこか狂《くる》った迫力をもつのが、碧幽谷という画師だった。

それゆえに、碧幽谷は決して真似のできない千年の画師と言われている――。

この贋作は、碧幽谷特有の「異様な迫力」を、微《かす》かに感じさせる。筆致《ひっち》もどこか似ている。

けれど、本当に片鱗《へんりん》程度で、本人とは言い切れないのも確かだった。

楸瑛も違和感を覚えながらも劉輝に言ってみた。

「確かに、私も幽谷とは確信できないんですが……でもいまだに誰《だれ》も完全な模写ができなくて、一つも模本ができない碧幽谷ですよ。贋作どころか手本に写しとろうにも無理なのに、『幽谷な気がする』なんて印象が与《あた》えられるほどの画師がいるなら、贋作なんかで稼《かせ》がなくてもとっくに正々堂々画壇《がだん》に立って脚光《きゃっこう》を浴びてるでしょう」

「……まあ確かにそうだが……」

「……私も、ちょっと違和感はありますが、でも、この贋作の制作者が、幽谷殿、もしくは幽谷殿と何か関係があるのは確かだと思います。もしかしたら、碧家の関係者かもしれません」

それまで黙《だま》っていた絳攸が顔を上げた。

「だとしたら、この贋作の描き手は、『むりやり誰かに描かされている』可能性が高いな」

絳攸は珀明の毅然《きぜん》とした態度を思いだした。自由と芸術を愛し、守るのが碧家の誇《ほこ》りと言い切り、一族を挙げて碧幽谷を守ろうとした。優《すぐ》れた画師の育成として技術向上のための模写ならいくらでも許すだろうが、『贋作』だけは誇りにかけて決して許さないはずだ。

楸瑛も厳しい顔で頷《うなず》いた。

「確かに……。描き手が幽谷殿にしても、碧家の関係者だとしても、これだけの高い技術の画師なら、わざわざ贋作づくりに手を染めるのはおかしい」

じっと画を見ていた劉輝は、今日一日の歌梨という女性の足取りを思い返した。

鬼気迫《せま》る勢いで贋作を片っ端《ぱし》から調べている彼女は、何かを知っているのだ。

彼女が、幽谷とつながりがあるのなら、そして彼の身に何かが起こっているのなら。

捜《さが》して、一刻も早く無事な確保を。

幽谷は必要なのだ。どうしても。けれど、大々的に捜すわけにはいかない理由がある。

「……主上、お気持ちはわかりますが、今日は夕方までに本当に帰りませんと……」

「……わかってる。悠舜殿にも約束したし……また明日の午後捜しにこよう。いいか絳攸?」

絳攸はチラッと脳裏《のうり》に吏部《りぶ》の配下たちを思い描《えが》いた。……一応、明日も公休日だが――。

(すまん。明日も俺のかわりに休日出勤してくれ)

あっさり絳攸はそんなひどいことを（勝手に）決定した。実際、この件はある特別な理由から、最優先事項《じこう》に等しい。王が直《じか》に足を運んで頭を下げるのが必要なら、そうしなくては。
「もちろんです。この件を片付けるのが先ですからね」

——静蘭の笑顔《えがお》と話術（↑恫喝《どうかつ》・タンタン心の感想）、蘇芳の『一応官吏です』をもって、『嘉永書画』店主から近頃《ちかごろ》『真筆』を買っている何人かの画商を聞き出したあと、同じように秀麗は片っ端から書画屋をあたっていった。

そうすると、歌梨という謎《なぞ》の女性について首を傾《かし》げるハメになった。背にしょった巻物（贋作）の数は、またいくつか増えている。

「歌梨さんて……本当にナニモノなのかしら。何か知ってるのかしら？」

「おかげで贋作回収が楽ですけれどね。この通りではかなり有名らしいですね……相当の目利《めき》きなのは確かですし」

なんと、あの姮娥楼で一瞬だけ顔を合わせた歌梨という女性は、今日一日であちこちの書画屋に片っ端から怒濤《どとう》の突撃《とつげき》をかけていた。鑑定《かんてい》のできない秀麗では回収は不可能と思い、『真筆を購入《こうにゅう》している画商』の情報だけを期待していたのだが、胡蝶お墨付《すみつ》きの彼女が行く先々で『鑑定』してくれたおかげで、思いがけず回収できてしまった。幸い、姮娥楼の大旦那《おおだんな》をお得意様とするなじみの深い店が多く、邪険《じゃけん》に追い払われることはあまりなかったのだが——。

秀麗は一つ気になることがあった。

「……引き取るときに思ったんだけど、歌梨さんが『贋作』って言った画って、ことごとく買い手がついてたじゃない？　……偶然《ぐうぜん》なのかしら……」

買い手の名は別々だったが、他に『真筆』もたくさんそろっている書画店で、狙《ねら》ったように『贋作』すべてに買い手がついていたというのは、なんだか出来すぎな気がする。

「誰かが……贋作とわかってて買ってる……のかしら……？」

静蘭はチラリと背後を見た。

……羅干親分の店を出たときから、ずっと誰かがつけてきている。

今までの、秀麗の動向を適当に見張っているだけの、素人《しろうと》同然の動きではなかった。

武官の身のこなしではないが、そっと影《かげ》にとけこむような埋没《まいぼつ》ぶりは玄人《くろうと》だ。

秀麗を追っているのか、それとも——？

蘇芳に目をやった静蘭は、まさかと思い直した。わざわざタンタン君を追う理由がない。

静蘭の視線に気づかない様子で、蘇芳が溜息《ためいき》をついた。

「……で？　次はドコに付き合わされるわけ？」

「あ、もう帰るって言わないのね、タンタン」

「……言ったって帰してくんねーだろ……」

「えーとね、問屋通りと、途中《とちゅう》で金物屋さんにも寄って、あと——」

問屋通りと金物屋という言葉に、蘇芳は目を点にした。……贋作となんの関係があるんだ。

秀麗はちょっと息をついた。

「……最後に、三太のおじさんとこにも行かなくっちゃね……」

（……本っ当に金物屋と問屋に寄ってるぜ……）

見つければすかさず寄っていき、なじみの店主なら何やら世間話をする。今も通りに面しているなじみの金物屋のおっちゃんのところで話し込んでいる。

「……なんであいつ、あんなに金物屋と問屋にこだわってんの？」

「タンタン君、わかりませんか？」

「全っ然、わかんねぇ」

「じゃあ、考えてみるといいですよ。使わないとますます頭がおバカになりますよ」

涼《すず》しげな表情のやたら美形な『家人』を、蘇芳は横目で見上げた。ずーっと思っていたが。

「……あのさー、あんたさー、いくつ？」

「年齢不詳《ねんれいふしょう》ですから、ご自由に考えてください」

「絶対三十超《こ》えてるだろ。年齢不詳ってヤツは大概《たいがい》見た目より五歳は上なんだ。女と同じ」

静蘭のこめかみに青筋が浮《う》いた。……三十だと？　実年齢より上に見られたのは初めてだ。

「……タンタン君。良《い》い度胸ですね本当に。君、女性に散々フラれてきたでしょう」

「……なっ、な、なんだよ。何を根拠《こんきょ》にそんな」

「いちいち余計なひと言がダダ漏《も》れなんですよ！　心からの忠告をしてあげますが、さっきの言葉を女性に言ってみるといいですよ。あっというまに昇天《しょうてん》させてくれますから」

これにはうっかり失言の多すぎる蘇芳も口をつぐむしかなかった。

ふと金物屋を見ると、秀麗は店主のおじさんでなく、十歳ほどの女の子と何やらしゃべっていた。しゃべっている……というか、少女は泣きながら秀麗に何かを言っていた。秀麗が慰《なぐさ》めるように頭を撫《な》でて何ごとか答えると、少女はようやく顔を上げて頷《うなず》き、涙《なみだ》をふくと深々と頭を下げて小路に消えていった。……金物屋の娘《むすめ》かと思ったら、どうやら違《ちが》うらしい。

そう、これもナゾの一つだった。一緒《いっしょ》に歩いていれば、秀麗は行く先々で大人から子供からじーちゃんばーちゃんまでよく誰かにとっつかまってなんか言われているのだ。

秀麗がいちいち立ち止まって話を聞くものだから、これまたなかなか進まない。

金物屋から戻《もど》ってきた秀麗は、難しい顔をしていた。

「お嬢様《じょうさま》、金物屋さんはどうでしたか？」

「……やっぱりここもお鍋《なべ》がちょっと高くなってるわ……。今まで気づかなかったのはウカツだったわ。あーもう。でもこっちはひと月くらい前からってことらしいから、……多分今のところまだあんまり出回ってないと思うのよね……」

蘇芳はさっぱり意味不明だった。何を話しているのだこの二人は。

「あとねー……もう一つ気になってるのよね……」

秀麗のやけに難しい視線の先を辿《たど》れば、……なぜか塩屋。

蘇芳はついに訊《き》いた。

「……なあ、あんたら何言ってるわけ。塩と金物屋が画《え》となんの繋《つな》がりがあんの」

するとと、秀麗は目をパチクリさせた。

「え？　別に関係なんてないわよ」

「……はあ⁉」

そのとき、うしろから女性に、笑みをふくんだ声をかけられた。

「……おや、問屋にちょこちょこ顔をのぞかせている女の子がいると聞いてきてみれば、やはり秀麗殿《どの》だったか」

「凜さん！」

柴凜は通りに並ぶ金物屋と塩屋、そして静蘭のしょった包みからのぞく絵巻物それぞれに、素早《すばや》く目を走らせた。次いで、小さく苦笑《くしょう》する。まったく……。

柴凜は無駄《むだ》なことは訊かなかった。

「何か私でお手伝いできることがあれば協力するよ」

秀麗はパッと顔を輝《かがや》かせた。

◉　◉

「悠舜」

黎深が仕事を案外真面目《まじめ》に手伝ってくれたおかげで、何気なく仕事や書翰《しょかん》を届けにきた官吏たちが「自分の頭がおかしくなった」「眼精疲労《がんせいひろう》がついに極限に！」「ありえない幻《まぼろし》を見た。

寝《ね》ないとイカン」などとフラフラ帰ってしまった。特に吏部《りぶ》の官吏たちは見てはならないモノを見たかのように扉《とびら》を開けた瞬間《しゅんかん》、速攻《そっこう》で閉めて壁《かべ》に頭を打ち付け、昏倒《こんとう》する者が続出した。

（……黎深が真面目に仕事をすると、それはそれで支障がでるのですね……）

なかに一人、やけに鬼気迫《ききせま》る勢いで突撃してきた若い吏部官だけは、昏倒もせずにきちんと書翰を届けてくれた。若いのになかなか見どころがある。

悠舜はそんなことを考えていたので、黎深の呼び声に反応が遅《おく》れた。

「はい？　なんですか」

「……なぜ、例の件を鳳珠に言わない？　あいつの管轄《かんかつ》だろう」

「おや、あなたが国政に関心を持ってくれるなんて、嬉《うれ》しいですね」

「関心があるのは政事《まつりごと》じゃない。お前のほうだ」

「……黎深、そういう言葉は私ではなく、百合姫《ゆりひめ》にいうものですよ」

「う、うるさいな。いいから答えろ」

「はいはい。……まあ、ちょっと他《ほか》に、気になっていることがありまして」

悠舜は戸部からあがってくる書翰に目を通した。そこにはある数値が書かれている。

「どうも、とってもよくできすぎていて、逆に勘繰《かんぐ》りたくなってしまうんですよねぇ……」

悠舜は羽扇《うせん》で口許《くちもと》を抑《おさ》えながら、小さな溜息《ためいき》を漏らした。

「……こう、茶州で私がお相手していた方々は、ある意味まったく予測不能で行き当たりばっ

……いえ、コホン、斬新《ざんしん》な頭の使い方をして、こちらもたまにぎゃふんと言わせられることも

あったのですけれど……」

「……ぎゃふん？」

「なんというか、久しぶりですねぇこの感じ……。碁《ご》の棋譜《きふ》のようにこんなにすっきりとハマる美しい段取りは、逆に感動するといいますか。……王都に帰ってきたと、実感しますね」

黎深が顔を上げると、悠舜は小さく苦笑していた。その穏《おだ》やかな表情には、以前の張りつめたような怒《いか》りや焦燥《しょうそう》感はもうない。

張り巡《めぐ》らされる黒い糸。綿密な権謀術数《けんぼうじゅつすう》の世界。

少しでも足の踏《ふ》み出し方を間違えれば、まっさかさまに奈落《ならく》に落ちる、綱渡《つなわた》りの頭脳戦。

昔は頭にきたこともあったけれど、今はなんだか笑い飛ばしたい気分になる。よくもまあこう頑張《がんば》って色々考えるものだ。なんだかご苦労様ですと言いたくなってしまう。

世の中はもっと単純に、人生はもっと楽しく過ごせるのに。どうして複雑にするのだろう。

（……はあ……私も確実に燕青の影響《えいきょう》を受けてしまっていますねぇ……）

相手がどんなに緻密《ちみつ》な計略を練っていても、時々燕青はそのすべてをカッ飛ばして「正解」をつかんだりしていたけれど、もしかしたらこんな感覚だったのかも知れない。

「鳳珠には必ず伝えますから。さ、もう一頑張りです。お茶を淹《い》れてくれてもいいですよ？」

「この私に茶を淹れろだと？」

「秀麗殿にカッコ良くおいしいお茶を淹れてあげられたら、素敵だと思うのですけれどねぇ」

黎深はシュパッと茶筒《ちゃづつ》をつかんだ。

予想どおりの反応に、悠舜は思わず笑ってしまった。ワガママなガキ大将を相手にしているようなこの感覚も、とても久しぶりで。……もう、この朝廷《ちょうてい》で息が詰《つ》まることもない。

どこか昔の自分を思い出す、若い王を脳裏《のうり》に描《えが》く。

何があっても王でありつづけなければならない彼のために。そして自分のために。

「少し、頑張ってみましょうか……」

・❋・❋・

——柴凜に頼みごとをして別れたあと、静蘭は秀麗が言う前に言った。

「最後は、王商家、ですね？　お嬢様《じょうさま》」

静蘭の言葉に、秀麗は頷《うなず》いた。

もうそろそろ、陽《ひ》が沈《しず》みきる頃《ころ》になっていた。

『お嬢様はタンタン君と一緒にここで待っててください。王商家には私が行ってきます』

まさか静蘭たちに姮娥楼での一件を聞かれていたとは思いもしない秀麗は、少し迷ったが、その言葉に甘えることにして、近くの茶屋で待つことにした。……秀麗にはまだ三太に返せる言葉が見つからない。

「……あーのさぁ、なんかわかんねーけど、これで終わりなワケ？」

秀麗と背中合わせに団子を食べながら、蘇芳はそう訊《き》いた。ちなみに団子と茶の代金は静蘭のひそかな脅迫《きょうはく》のもと、蘇芳が払《はら》わされている。なんでこんなことに。

『人に親切にすると、いいことがありますよ？　お財布其《さいふそ》の二……いえいえタンタン君』

（……人でなしってあーゆーヤツをいうんだ……）

羅干親分配下のほうがよっぽど人間らしく見えてくる。というか、『お財布其の一』にされたどこぞのヤツの運命はいったいどうなっているのだろう。考えるだに怖《こわ》い。

「うん。今日はもう遅《おそ》いから、これで終わり」

「今日はってさー……」

「だってまだ気になることがあるんだもの。明日、最後にある人のところに行ってそれを確かめて、凜さんに頼《たの》んできた情報をもらったら、一応終わりかしら」

蘇芳はチラリと目だけで秀麗を振《ふ》り返ると、溜息をついた。

「……あのさー、もぉいーんじゃないの。てかそもそもこの贋作《がんさく》出して『こーゆーのが出回ってるみたいです。調べてください』って上申書提出すれば充分《じゅうぶん》じゃないの。なんでそんなに頑張っちゃってるわけ。よくわかんねーけど、あんた何もしないでしばらくおとなしくしてろってことで謹慎《きんしん》させられたんだろ。あんたがそんなだからますます煙《けむ》たがられるんじゃないの」

秀麗は団子を食べながら、驚《おどろ》いたように蘇芳を見た。

「珍《めず》しくまともなこと言うのね、タンタン」

「……珍しくかよ……」

「でも、どうせ何もしなくたって、煙たがられてるのは同じだもの。あなただってそのために誰か偉《えら》い人が私のとこに寄こしたんでしょ？　結局どっちでも同じなら……できるかぎり何かしたほうがずっといいじゃないの」

蘇芳は串《くし》についてる団子の最後のひとつを口でちぎり、飲み込みながらその言葉を聞いた。

「贋作と、例のお金の件は、明日、気になること全部調べ終わったら、上申書にして出すわ。別に自分でつかまえようとか思ってるわけじゃないし。上申書出すにしても、細かい情報があったほうがいいだろうし。それにもともと私が街にでたのは――」

「……あーのさー」

蘇芳は首を後ろに傾《かたむ》けた。背中合わせになっている秀麗の頭にゴッッとぶつける。

「いたっ」

「さっきの言葉って、ホンネ？」

「……は？」

「デキルカギリ何かしたほーがいいじゃん、てやつ。なーんか、自分に言い聞かせてるカンジに聞こえたから」

秀麗は思わず息を呑《の》み――拍子《ひょうし》に団子をのどにつまらせた。

「ホンネなら、すごいけどねー。俺だったらさー、『こんちくしょー！　謹慎？　ふざけんなよ!!』って喚《わめ》くよ？　もうなんもかんもやる気なくなるっつーか。つか、できすぎじゃん、君。なんでそんなにさー、頑張っちゃってるの、ホント。もしかして、君の周り、誰もかれも『頑張れ』とか『頑張ったね』しか言わないんじゃないの。まーそーしたら、『これからも頑張るわ、ホホホホ』としか言えないと思うケドさー。おわーヤダヤダ。考えるだけでヤなカンジ。日がな一日ゴロゴロするのが好きな俺には耐《た》えられないぜ」

　蘇芳は秀麗の様子に気づかず、タラタラとやる気なさそうに団子の串を指先で回している。

「……あーのさー、俺が出仕しようがしまいが朝廷《ちょうてい》はフツーに動いてきたし、あんたがいなくたって同じだと思うワケ。いたら体《てい》よく利用されるけど、いなかったらいなかったで別に困らないと思うよ。てかさ、何かしてもしなくてもお邪魔《じゃま》虫扱《むしあつか》いなら、やめたほうがよくない？」

　責めるでもなく、皮肉るでもなく、どこか遠い目をして、蘇芳は独り言のように呟《つぶや》いた。

「君さー、もう一人きりなわけじゃん。一人でガンバったって、何も変わんないだろ。しかも謹慎中。この贋作だってさー、普通《ふつう》に考えて君よか先にセンモンカがとっくに気づいてお城になんか言ってるはずじゃないの。親分とかみたいな人がさ。金だってさー、一般人《いっぱんじん》より先に、絶対エライ人が気づいてるのがフツーだと思うんだけど。無意味にガンバったってしょうがないだろ。せっかく暇《ひま》になったんだから、ゴロゴロしてりゃいーのに。わっかんねぇなぁ……」

　のどにつまっていた団子を、ようやく秀麗は飲み下した。深呼吸をして、肚《はら》に力をこめる。

　そしておもむろに顔を上げると、蘇芳ににっこり笑った。

「……タンタン、ちょっと腹に力こめたほうがいいわよ」

「は？」

　秀麗は素早《すばや》く王商家のほうを見た。まだ静蘭が帰ってこないことを確かめる。よし。

次の瞬間《しゅんかん》、秀麗は蘇芳に思い切り逆頭突《ずつ》きを食《く》らわせた。

——ちょうどそのころ、慶張は仕事先から王商家への帰り道を歩いていた。姮娥楼を出たあと、直接仕事先に行って、ようやく帰ってきたのだ。

その手には、今日届いたばかりの一枚の書翰《しょかん》がある。それと、仕事先からもらってきた、綺《き》麗《れい》に包まれた中くらいの箱がひとつ。本当は、秀麗に気持ちを伝えたあと、この書翰のことを話して、この贈《おく》り物も渡そうと思っていたのだが——。

（……あーあ。こんなはずじゃなかったのにな）

あんまりにも秀麗が前しか見ないことに——恋《こい》も結婚《けっこん》もいつのまにか彼女の周りでは政略になっていることに、思わずカッとなってしまった。

……本当は、慶張にだってわかっている。ずっと昔から、官吏になる前から、いつだって前しか見ない女だった。自分が静蘭に遠く及《およ》ばないことだって知ってる。

知ってるけど、……そんなのは、あきらめる理由になんかなりはしない。

「……まーた仕切り直しかよ……って、おわ⁉」

何気なく角を曲がると、なんとそこの団子屋で、ちょうど秀麗が蘇芳に頭突きを食らわせているところだった。慌《あわ》てて壁《かべ》に隠《かく》れる。

（……げっ……久々に見たぜ……あれすんげー痛いんだよな……）

そういえば、と慶張は思い出した。自分も子供の頃《ころ》、怒《おこ》った秀麗にやられた記《き》憶《おく》がある。

「……なんで俺、あんな女好きなんだろ……」

慶張は思わず後頭部をおさえつつ、ボソッと呟いた。

――とはいえ、実際とんでもない衝撃《しょうげき》を受けたのは蘇芳である。

無防備だった彼は、後頭部にもろに頭突きを食らった。

「いってぇ!!」

この戦法の最大の弱点は、秀麗自身にも同じ激痛が加わることだった。

二人はしばらく後頭部を押さえてうめいたのち、同時に振り返った。

「なにすんだー!」

「うっさいわね! 人がせっかくいろいろ整理してる真っ最中によりにもよってー!!」

振り返った蘇芳が見たのは、キッと眦《まなじり》をつりあげて、激痛のせいか、怒《いか》りのせいか、悔《くや》しさのせいか、それともその全部ひっくるめてか、目を真っ赤にさせている秀麗だった。

「強がんなくちゃやってらんないことだってあんのよこのタンタン!! カッコつけたい人にはうっかり強がっちゃうし、認められたい人には弱音なんか吐《は》かないわ!! 頑張《がんば》れっていってくれる人の期待には調子こいて応《こた》えたいって思うわよ! 無理するしかないに決まってんじゃないの! 世の中なにもかもうまくいきっこないなんて、当たり前よ! それでもねぇ!」

「あだだだだ! ほっぺた引っ張《ぴゃ》るのヤメロー!」

「それでも! 無理して良かったって、思うときがあるから!」

虎林郡《こりん》で出会った、シュウランの最後の言葉を思い出す。

『あたし、いつか絶対お姉ちゃんみたいな官吏《かんり》になるわ』

ただその一瞬で、何もかもが吹《ふ》っ飛んだ、あのとき。

——あのひとことさえあれば、もう何もいらないと思った。

自分がとった行為《こうい》と決断に、何一つ後悔《こうかい》なんかない。——けれど。

『今の師《せんせい》は官吏じゃないんだろ？　師《せんせい》これからナニするわけ？』


あの問いに、堂々と答えられる言葉がなくて。

何もすることがなくなって。何もしなくていいよと、言われて。

どこにいていいかわからない、陽炎《かげろう》のような不安を、打ち消すために。

何度も何度も自分に言い聞かせる。シュウランの言葉。影月や燕青の言葉。昔の自分が夢見ていた道を、今の自分がちゃんと歩いていることを確かめる。ここにいていいのだと。

『紅秀麗という官吏が必要だ』と、言われたいから官吏になったわけじゃなかったはずなのに、そのために走り回ったわけじゃないのに、一人でいると弱い心が頭をもたげる。

(そんなんじゃダメなのに)

理想がある。でも、その理想の自分に近づけないでいるから、その差を強がりで埋《う》める。官吏として、目指す先にいる、尊敬する人たちには弱音なんて絶対吐かない。

──そのくらいの意地と矜持《きょうじ》は、秀麗にだってある。

シュウランの言葉。あのときの突き上げるような胸の熱さ。思い出して確かめる。

ご褒美《ほうび》は、あれだけでいいのだと。思った最高の一瞬を。

もう一度つかむために。

「頑張ってよかったたって思えるときがあるから！　強がるんじゃないの!!　一回折れたら、立ち直るのって大変なんだから！　一回でも『もーいっか』なんて思ったら、それっきりズルズル行っちゃうんだから！　口だけでも偉《えら》そうなこと言わなくてどうすんのよ！　カッコなんてつけるわよ！　夢なんて見るわよ！　決まってんでしょ！　自己満足だって言われよーが、なんかできることとやらなくてどーすんのよ！　ただでさえお邪魔虫《じゃまむし》なら、余計ゴクツブシ扱《あつか》いされるに決まってんじゃないの！　顔あげつづけるために必要なのよ！　毎回ガケップチにいるってのに、ノンキに『意味ある』頑張り機会なんて待ってらんないわ！」

叫《さけ》んだ瞬間、秀麗はタケノコをしょったまま立ち上がった。大声を出したらなんだか色々なモノがスカッと突き抜《ぬ》けた。久々にメラメラと闘志《とうし》に火がついたようなこの感覚。

「そうよ、団子なんて食べてる場合じゃないってのよ！　怒ったらなんだかやる気が出てきたわ。タンタンが何言ったって、私は明日まで勝手に頑張りますからね!!」

颯爽《さっそう》とタケノコを取り出し、高々とかざしての宣言に、蘇芳は目をパチクリさせた。

「……へーえ」

相も変わらず、適当そうに頬杖《ほおづえ》をついて、そんなことを呟《つぶや》いた蘇芳に、秀麗は我に返った。慌てて辺りを見回し、次いで手にしたタケノコに気づいた秀麗は「ぎゃっ」と叫んで包みなおした。こんな台詞《せりふ》、静蘭とかには絶対聞かれたくない。

落ち着くべく茶を飲み始めた秀麗に、蘇芳はもう一度、今度は「ふーん」と呟いた。

――団子屋の壁によりかかって聞いていた慶張は、手にした書翰と箱を見下ろした。

「……なーんで俺、あんな女好きなんだろ……」

自嘲《じちょう》気味に笑ってもう一度呟くと、慶張は別な道を通って家路についたのだった。

静蘭がようやく用を終えて茶屋にきてみれば、秀麗がまるでやけ食いのように団子をむさぼり食っていた。……十本は竹串《たけぐし》が積み重なっている傍《かたわ》らで、蘇芳が呆《あき》れたように見ている。

「あっ、あら、静蘭！　ほほほ、遅《おそ》かったわね」

……お嬢様《じょうさま》が「ほほほ」などというときは、何かしらうしろめたいことがあるときだったが、静蘭は何も言わなかった。とりあえずやけ食いで発散できる類《たぐい》のものなら心配はない。

「お嬢様、三太くんのおじさん、当たりでしたよ。証拠《しょうこ》もいただいてきました」

静蘭は手にした小さな巾着《きんちゃく》を揺《ゆ》らした。カチャンと、硬貨《こうか》の音が響《ひび》く。

秀麗は思いついて蘇芳を振り返る。そういえばタンタンのお父さんも被害者《ひがいしゃ》だった。

「タンタンも、今日家に帰ったら、金貨をこっそり量ってみたほうがいいわ。三太のおじさんみたいに、画《え》の代金にニセ金が入ってる可能性が高いから」

「……へいへい。わかったよ」

そのとき、蘇芳が僅《わず》かの間、沈黙《ちんもく》したことに、このときの秀麗は気づかなかった。

「じゃ、帰りましょうか」

◆　◆　◆

「ええっっ⁉　今日家に帰らしてもらえないんですかー⁉　城で泊《と》まり⁉」

死ぬ気で仕事をしていた珀明は先輩《せんぱい》官吏の無情な言葉に、思わず絶叫《ぜっきょう》した。

先輩は珀明以上にフッとやけっぱちな笑《え》みを浮《う》かべた。

「ちなみに、明日の公休もナシだ。夜までがっつり仕事だ。俺たち男だ・ろ⁉」

「なんでですかー！　わけわかんないこと言わないでください‼」

「俺がききてぇ‼　珍《めず》しく紅尚書《しょうしょ》が尚書令のとこで仕事なんかしやがるから、バッタバッタと吏部官がぶっ倒《たお》れて人数たりねんだよ！　侍郎《じろう》もまたズラトンだとぉ——ちっくしょお‼」

ついに彼女の親御《おやご》さんにご挨拶《あいさつ》に行けなかった先輩は、今度は男泣きに泣くかわりに手近な硯《すずり》を壁に思い切り投げつけた。——と思ったら手元が狂《くる》って玻璃《はり》の窓を突き破り、池まで飛んで、ぼちゃんと落っこちる音がした。そして珀明はトンズラ↓ズラトンを新しく覚えた。

珀明は呆然《ぼうぜん》としつつも、頭の片隅《かたすみ》でぼんやり現実を考えた。

（……ああ……また戸部尚書に睨《にら》まれる……今度も僕が謝りにいかされるんだろうな……）

硯代と玻璃代と修理代、計上。こうして今年も吏部はまたまた備品紛失《ふんしつ》省庁連続第一位を更《こう》新《しん》するのだろうと、珀明は思った。とりあえず尚書が変わらない限り、記録はつづくはずだ。

しかし珀明はぐらぐらする頭をおさえ、なんとか言ってみた。

「あ、あのぅ……ちょっとだけ……一瞬《いっしゅん》だけでも、あの、家に、帰ら――」

ハッと珀明は口をつぐんだ。同じ室《へや》にいた全吏部官が、鬼《おに》のような目で珀明を睨んでいた。

（……ていうか、鬼だ……）

最後まで言ったら殺される。珀明はそう感じた。

「…………な、なんでもありません…………」

「オラ仕事だ仕事！　恨《うら》むなら鬼畜《きちく》尚書と侍郎を恨め！　闇討《やみう》ち万歳《バンザイ》誰《だれ》か黒狼《こくろう》呼べやー!!」

そうだーっ!!　という悲しい嘆《なげ》きが室を包む中、珀明はガックリと肩《かた》を落としたのだった。

＊

「胡蝶。この画、そろそろ飾《かざ》ろうと思うんだよ。充分《じゅうぶん》一人で堪能《たんのう》したからね」

姮娥楼大旦那《おおだんな》は、ホクホクと落款《らっかん》のない、無名の新人の画を嬉《うれ》しそうにもってきた。

「やっぱり一階の中央、入ってきた人誰もが見える場所に飾ろうと思うんだけど、いいかな」

胡蝶は驚《おどろ》いた。そこは、姮娥楼でいちばん名誉《めいよ》ある場所だ。趣味人《しゅみじん》ならそこに誰のどんな作品が飾ってあるか、必ず目を光らせるし、自ら作品を手がける一流の文人たちはそこに自分の作品が飾られることを望む。

「……驚いたねぇ。相当気に入ったんだね、大旦那」

「うん。そこに飾れば、誰か、自分が描《か》いたって、言ってくれるかもしれないし」

にこにこ子供のように嬉しそうな大旦那に、胡蝶は苦笑《くしょう》した。

「負けたよ。わかった。じゃ、この花街一の妓女《ぎじょ》・胡蝶手ずから飾ってやろうじゃないか」

「本当かい？　じゃ、お願いするよ！　見るのを楽しみにしてるからね」

大旦那は胡蝶に巻物を渡《わた》すと、飛ぶように自分の室に戻《もど》っていってしまった。

（そいや、歌梨は今日帰ってくるのかねぇ……）

長い付き合いとはいえ、どこかおかしな歌梨だが、ちゃんと花代を払《はら》う上客だ。何もされずにお金をもらえると、ひそかに妓女の間では大人気だったりする。

「……おや、こりゃ、確かにかなり将来有望……！」

言われた場所に画を飾り、遠くから改めて眺《なが》めた胡蝶は、大旦那の最高の評価に納得《なっとく》した。

もちろん、当代随一《ずいいち》との呼び声高い幽谷には遠く及《およ》ばないが――新人にしてはおそろしいほどの才能だった。落款がないのが本当に惜《お》しい。まったくどこにこんな才能がひそんで――。

「……うん？　この画……どこか……幽谷に……？」

そのとき、玄関《げんかん》の扉《とびら》が開いたかと思うと、全身汗《あせ》だくの歌梨がよろめくように入ってきた。

「歌梨!?　ちょいとあんたいったい――」

「……み、見つからなかったですわ……」

「まったくあんたはいったい何さがしてるんだい？」

胡蝶が慌《あわ》てて抱《だ》き留めると、歌梨があえぐように顔を上げた。

「胡蝶……ちょっと訊《き》くけれど、わたくしを訪ねてきたダサくて唐変木《とうへんぼく》な男はいなくって？」

胡蝶はますます目を丸くした。歌梨が男のことを口にするなんてなんの天変地異だろう。

楸瑛が追い返してしまった男のことなど知るよしもなかった胡蝶は、当然首を振った。

「いや？　聞いてないけどねぇ」

「……どこまでも唐変木な男ですことっっっ!!」

怒《おこ》った瞬間に、ふと胡蝶の肩越《ご》しに画を見つけた歌梨は、大きな目を極限まで見開いた。

「──あの画は!!」

「うん？　ああ、やっぱり歌梨も目を付けたかい。なかなかの出来──」

歌梨は胡蝶の腕《うで》をふりほどいて、飾ったばかりの画に突進《とっしん》した。

「見つけましたわ!!」

食い入るように見つめ──叫《さけ》んだ。

「植木屋と庭師ですわ!!」

そのあと、ついに力尽《ちからつ》きたのか、その場で歌梨はパッタリと気絶したのだった。

「……植木屋と庭師？」

……その画はただの風景画だ。さすがの胡蝶も、意味不明な叫びに目を点にした。とりあえず倒れた歌梨を室まで運ばせようと、手下の男たちを呼ぶ。

消え失《う》せているのを見た瞬間、無言で卒倒《そっとう》した。——……翌朝、大旦那は飾ってあるはずの画を眺《なが》めようといそいそと急ぎ、煙《けむり》のように画が

『あの画はあとで絶対返しにきましてよ!! ほんの少しだけお借りさせていただくわ！』

同じく翌朝《なぐさ》には消えていた歌梨が書き残した紙を見せ、しくしく泣く大旦那を、胡蝶は手を尽くして慰めたのであった。

「ふ。ふふふふふふ。見ているのだろうーさま！」

約束通り夕刻までに城に帰り、悠舜に事情を説明した劉輝は、その晩気を取り直して、幽谷とは別の件に頭をめぐらせていた。幽谷捜《さが》しに本腰《ほんごし》を入れる前に考えていたことをザカザカと料紙に書き出していく。

そのとき、タタタ、という恐怖《きょうふ》のかわいらしい足音が聞こえ、劉輝はギクリと手を止めた。

「主上！ どこにおわしまするー！」

パタン、とやはりかわいい音が間近で聞こえる。劉輝は息を呑《の》んだ。

「……く……ここにもおりませぬか……」

しょんぼりとした声で、扉が閉じられる。タタタタ、という足音が遠ざかるのを確かめ、机《つく》案《え》の下で執筆《しっぴつ》していた劉輝は、思わず詰《つ》めていた息を吐《は》き出した。得意げに笑う。

(ふふ……さすがのう一さまも、まさか余が机案の下で書きものをしているとは思うまい)

誰も思わない。

「……宰相《さいしょう》会議で通すには……最低でも過半数の賛成は……説得の仕方は……」

ふと、劉輝は今日、久しぶりに聞いた秀麗の声を思いだした。

──秀麗に対する、有能な補佐あっての成功という論は、ある意味で正しい。秀麗と影月に、有能かつ信頼《しんらい》できる官吏《かんり》を選んでつけたのは劉輝だ。危地に赴《おもむ》く新米官吏たちへのその措置《そち》は、当然だ。けれど実績を上げた以上、これから先はその言葉を封《ふう》じていかなくては秀麗は前に進めない。一人になった秀麗がどう動き、何を成せるか、守り手のいなくなった秀麗に、誰が、どんな思惑《おもわく》をもって関《かか》わってくるのか。今回の謹慎《きんしん》はそれをはかるための措置でもあった。

……それでも、劉輝の不当な措置も、秀麗の不当な謹慎も、消えるわけではない。

三太の言葉に、何一つ反論しなかった秀麗。

その言葉が正しいと、秀麗はわかっている。

──桜が咲《さ》くまで。

たったひと言。白い余白。書かれなかった心。それを思って、……短く、息を吸う。

……待っているから。

そのときがきて、秀麗の心が決まったら、何を言われても受け止める。「紅秀麗」にはその資格があり、「紫劉輝」にはその義務がある。——官吏と王では無理でも。

(秀麗は、私を見てくれるから)

たった一人、秀麗だけは。

少しだけ瞑目《めいもく》したあと、劉輝はまた筆を取り直し、料紙に向かった。

——翌朝、何気なく仕事にきて、知らずに寝《ね》ていた劉輝の頭をべしゃっと踏《ふ》んづけてしまった絳攸は死ぬほど仰天《ぎょうてん》し、起きた劉輝に王の威厳《いげん》がどうのと怒り、踏まれた劉輝はなぜ被害者《ひがいしゃ》の自分が説教されるのかと、頭をさすりつつなんだか理不尽《りふじん》な気分を味わったのだった。

・❋・❋・

王商家からの帰り、秀麗の夕飯の誘《さそ》いを断って邸《やしき》に戻《もど》った蘇芳は、その日の夜中、ふらりと庭院《にわ》に出た。手の中でカチャリと鳴るのは、何枚かの金の貨幣《かへい》。

ぶらぶらと春の夜の庭院をそぞろ歩く。

下級貴族だが、金は中級貴族よりもある彼の家は、邸の他《ほか》にいくつか離《はな》れもある。

蘇芳は何かを少し考えたあと、そのうちの一つに足を向けたのだった。

第四章　最後のカケラ

次の日の午後、秀麗と静蘭は訪ねてきた蘇芳に驚《おどろ》いた。

「タンタン！　きてくれたの！」

帰宅のあと一日を振《ふ》り返って我に返り、被害者とはいえ初対面の男を引っ張り回したことを反省していた秀麗は、さすがに蘇芳がきてくれるとは思っていなかったのだ。

「……そこのおっかない家人が、こなかったらタヌキに呪《のろ》われますよって言うからさー……」

確かに言ったが、静蘭も本当に来るとは実は思っていなかった。ちなみに、見る限りまた彼はタンタンタヌキ軍団をすべて身につけている。

相も変わらずどこかやる気なさそうに、タラタラとしている。

「とはいっても、さすがの俺も付き合うのは今日で最後だからな……」

「ありがとう！　じゃ、行きましょう」

「……って、ドコに？」

「工部の欧陽侍郎《じろう》のお邸」

蘇芳は勿論《もちろん》、同じく行き先を聞いていなかった静蘭も、そろって目を瞬《しばたた》いた。

静蘭は首を傾《かし》げた。もし画《え》の鑑定《かんてい》とかなら、胡蝶で事足りるはずだが——。

「胡蝶ではだめということですか？」

「うん。ちょっと、確かめたいことがあって。管尚書《かんしょうしょ》と欧陽侍郎の性格からすると、吏部みたいに公休日潰《つぶ》して仕事はしてない気がするのよね。仕事は仕事、休みは休み、ちゃんと区切ってそうだし。一応、文《ふみ》はだしておいたけど、お邸にいてくれるかしら」

（……つーかホントどーなってんだよこの女のツテって……）

蘇芳はげっそりと長息した。あとがつづかない。いくらほとんど登城もしないでブラブラしている蘇芳でも、侍郎の位くらいは知っている。親分といい、まったくなんなのだこの女は。

そうして今日も今日とて、蘇芳は静蘭に引ったてられるように出かけたのだった。

＊　＊

悠舜との約束通り、午前中は真面目《まじめ》に仕事をしていた劉輝は、午後さっそく街に降りた。

今日は、丸一日使える。ところが、歌梨という女性の居場所を配下にさぐらせていたはずの楸瑛が、おかしな顔をして首を捻《ひね》っている。

「どうしたのだ楸瑛、もしかして見失ったか？」

「いえ……昨日同様、かなり派手に町中を駆《か》けずり回ってます。が……」

絳攸は掌《てのひら》に拳《こぶし》を打ち付けた。目が据《す》わっている。

「が、なんだ？　今日はどこの書画屋だ。こうなったらどこまでも追ってやる」

「……いや、今日はね……貴陽中の庭師と植木屋に片っ端《ぱし》から突撃《とつげき》かけてるみたいでね……」

その言葉を二人が理解するまで、しばらくかかった。

「……庭師と植木屋……？」

「……そう」

「わけわからんにもほどがあるだろが！　なんで昨日が書画屋で今日が庭師と植木屋なんだ‼」

「そりゃ私が聞きたいよ……どうします、主上？」

「い、行くしかあるまい」

昨日を考えると、今日も一日、歌梨という謎《なぞ》の女性を追っかけて歩きっぱなしな予感をビシバシ感じながら、劉輝はそう言ったのだった。

「今日は、使えるだけ軒《くるま》、使いましょうね……」

楸瑛の言葉に、学習した劉輝と絳攸は無言で頷《うなず》いたのだった。


一方、金を払《はら》って軒を使うという発想がない秀麗たちは、何度蘇芳がこっそり提案しようとも歩いて歩いて歩きまくった。相変わらず秀麗が街の人にたまにとっつかまって話し込んだりするので、三人がその邸に到着《とうちゃく》したときには、むしろ夕方に近い時間になっていた。

「……わぁー。ここが欧陽侍郎《おうようじろう》のお邸なんだ……」

秀麗はポカンと口を開けて邸宅《ていたく》を見上げた。なんというか、まんま欧陽侍郎の印象を邸の形にしたという感じだ。

「……なんか、ジャラジャラした邸だな……」

ボソッと蘇芳が呟《つぶや》いたが、これには秀麗も静蘭も何も言えなかった。

連なる壁《かべ》の端を見れば、思っていたより大きくはない。多分邵可邸のほうが広さはある。

「……まあ、確かに、趣味《しゅみ》は良いんですけれどね……」

静蘭もそれは認めた。確かに趣味はいい。どこもかしこも完璧《かんぺき》である。龍蓮《りゅうれん》のようにナニかが突《つ》き抜《ぬ》けていたりはしない。ただし、可能な限り、あちこちいろいろ彫《ほ》ったり飾《かざ》ったりしてあるので、なんだかジャラジャラ感があるのである。とはいえ門からのぞく限り色彩《しきさい》感覚も庭《に》院《わ》の造りも絶妙《ぜつみょう》だし、流行の先端《せんたん》と伝統の格式を見事に和合させた築造は素晴《すば》らしい。欧陽侍郎なら間違《まちが》いなく『似合ってるからいいんです』というだろう。事実そのとおりである。

何か言いたいけれど何も言えない——それが欧陽玉なのかもしれない。

「失礼ですが、先ほど文を寄こしてくださった、紅秀麗様でいらっしゃいますか？」

突っ立ったままの三人を見かねたように、門番が声をかけてきた。

慌《あわ》てて門番を見た秀麗はぎゃふんと言いそうになった。

(も、門番さんの身ぐるみ剝《は》いだら、我が家の家計半年は浮《う》くわ絶対！)

門番でさえ、上から下まで一分の隙《すき》もない服装をしている。門番がこれならば——。

(休日の……欧陽侍郎の衣《きぬ》って……ど、どんな感じなのかしら……)

秀麗はゴクリと唾《つば》を飲み込んだ。心の準備をしてくれればよかった。

そんな心中などいざしらず、気のよさそうな門番はにっこりと笑った。

「主人より、承《うけたまわ》っております。どうぞなかへお入り下さい」

――休日の欧陽侍郎は、名門貴族の名に違《たが》わない完璧な格好をしていた。

「まったく、なんですかあなたは。急に文を寄こして」

官服でないぶん、ジャラジャラ感は二割増、それによる豪華絢爛《ごうかけんらん》さは五割増であった。

これが、見せびらかしているのならただの嫌味《いやみ》だが、彼はまったくいつもどおりであった。

これが彼の普段着《ふだんぎ》なのだと思わざるを得ない。たとえていうなら、休日の藍将軍にジャラジャラいろいろくっつけた感じだ。休日、邸でくつろごうとするなら装《よそお》いに手を抜くのが普通なはずだが、彼はまったくその逆らしい。休日こそ本領発揮とばかりに思う存分装っている。

（……し、しかもやっぱりちゃんと似合ってるし……）

見事な貴公子ぶりを遺憾《いかん》なく発揮している。

「す、すみません欧陽侍郎。せっかくのお休みに、急にお邪魔《じゃま》してしまいまして」

秀麗はぺこぺこと頭を下げた。なぜか秀麗だけ先に通されたので、一対一だった。

「休日に、うら若い女人《にょにん》がいきなり男を訪ねるものではありません」

「す、すみません」

「しかもこんな時刻に……もうそろそろ黄昏時《たそがれどき》ということわかっているんですか」

「あなたは謹慎《きんしん》中なんですよ。なのにまたぞろ私を何かに巻き込もうとしてますね」

「う……そ、その……巻き込むというわけでは」

「まあ、茶州ではそこそこよくやったと認めるのはやぶさかではありませんが」

「すみま――……え？」

平身低頭で謝りまくっていた秀麗は、顔を上げた。

ツンとそっぽを向いた欧陽侍郎は笑ってこそいなかったが、怒《おこ》ってもいなかった。

「あなたに根性《こんじょう》があることとくらいは、認めましょう。官吏《かんり》として認めるかどうかはこれからのあなた次第《しだい》ですが、先日の『気にくわない』に関しては撤回《てっかい》しますよ。棚《たな》からボタモチ官吏にしては、まあよくやりました」

秀麗はみるみる顔を明るくした。礼を言おうとしたが、それを見越《みこ》したかのように欧陽侍郎は素早く言葉を継《つ》いで言う隙をなくした。

「……で？　ご用件はなんですか」

「画を見てほしいんです」

スッと、欧陽侍郎の顔から表情が消えた。

「……見せてみなさい」

「すみません！」

別室で待たされていた蘇芳と静蘭は、しばらく無言だった。

「……タンタン君」

「……んー」

「どうです。昨日今日とつきあって。お嬢様《じょうさま》と結婚《けっこん》したいって思いましたか？」

「いや、全然。むしろ絶対嫁《よめ》にしたかねー……」

「なんですって？」

静蘭はムッとした。蘇芳がまじりっけなしの本音で言ったことがわかったからだ。結婚したいと言われればそれはそれで腹も立つが、絶対したくないとは何ごとだ。

けれど蘇芳はどこか遠い目で、ポツッと呟《つぶや》いた。

「……一緒《いっしょ》にいると、疲《つか》れる。頑張《がんば》りすぎだろ、あいつ」

「それが何か悪いんですか？」

「悪かないよ。エライと思うよ。けどさ、世の中にはそんなに頑張れない人間もいるワケ」

「君みたいな？」

蘇芳は怒らなかった。適当な仕草で淡々《たんたん》と頷《うなず》いた。

「そ。なーんであんなに頑張れるかなー……」

「お嬢様に聞いてみればどうですか」

「……そーだなぁ……」

「タンタン君」

「なに」

「君のように初対面で私からこうも本音をボロボロ引き出したひとは久々です」

静蘭は珍《めずら》しく、腹蔵のない笑《え》みを小さくひらめかせた。

「腹に一物あるひとに、私は決して本音は言いません。言えないように育ちましたからね。まったく君は正直なひとですよ。貴族官吏にしては、ずいぶんと根がまっすぐです」

「……俺が？　まさか。ふつー以下だと思うけど。紅秀麗みたいになんかに必死になったりしないし、長いものには巻かれるし、親の金で遊んでるし、頭悪いし、仕事しないし」

「人として、まともな感性をもっていると言ってるんですよ。長いものに巻かれたり、親の金で遊んでることを『ふつー以下』だと思ってるわけでしょう。なかなかいないんですよ。貴族で、官吏で、あなたの歳《とし》まで、そう思ったままでいられるひとは」

「…………だから？　別に、偉《えら》くもなんともないだろ、そのくらいのこと。結局、俺は何もしないし、何も変えたりしない。俺も世界もなんにも変わらない。ふつー以下のままだ」

「なるほど。君は、『ふつー以上』になりたいんですね？」

初めて、蘇芳の表情が微《かす》かに変わった。

静蘭はそれに気づかないふりをした。

「たとえば、お嬢様のように、とか？」

「……じょーだん。何言っちゃってんの、あんた」

蘇芳は深々と溜息《ためいき》をつくと、少し重そうに頭をふった。

「……言ったろ。俺は努力もキライだし、すぐにいろいろ投げだすし、あきらめも超《ちょう》早いし。世の中うまくいかなくても、誰《だれ》かさんみたいに熱血で立ち向かったりしない。普通でも普通じゃなくても、どーでもいいよ。ゴチャゴチャ頭の中で考えたって、現実の俺は結局、過ぎてくものをただぼーっと見てるだけだし」

「本当に？　そう思ってるんですか？」

「実際そーだもん、俺」

「ふーん。そうですか」

「……なんだよ」

「いいえ、別に。そういえば、行く先々でお嬢様が街の人と話していた件ですけど」

「……なに、いきなり」

「たとえば昨日は金物屋さんの前で、泣いてる女の子と話してたでしょう」

昨日は、という言葉に、蘇芳は顔を上げたが、何も言わなかった。

「あの女の子のお母さん、このあいだ亡《な》くなったんですよ。産後の肥立ちが悪くて」

「……え」

「そのときお父さんは行商に出ていて不在で、生まれたばかりの弟を抱《かか》えてどうしていいかわからなくて、噂《うわさ》をたよりにお嬢様のとこに駆《か》け込んできたんですよ。慌《あわ》ててお嬢様がご近所のおばちゃ…奥様方に頼《たの》んで人手を募《つの》って、なんとか落ち着いたんですけどね。で、昨日はあの女の子は、お嬢様にお礼を言いがてら、頼みにきたそうですよ。『お母さんみたいに、お産で亡くなる女の人を減らしてください』って」

「……それ、お礼じゃないじゃん。つかなんでも相談屋じゃないんだぜ官吏ってのは……」

「でも、官吏に言わなかったら誰に言うんですそんなこと。昨日のお嬢様は、贋作《がんさく》の件の他《ほか》に、きっとお産の上申書も書いたでしょうね」

「……昨日のって、まさか……」

ふと、金物屋で秀麗が呟いていた言葉を思いだした。

『やっぱりお鍋《なべ》がちょっと高くなってるわ……。今まで気づかなかったのはウカツだったわ』

その、言葉の意味。

「お嬢様は別に、贋作のために街に出たわけじゃないですよ。茶州から帰ってきてからほとんど毎日、暇《ひま》を見つけては街に出かけて色々見たり聞いたりして、思ったことを家に帰ってまとめるのが日課になってますから。昨日はたまたま贋作騒動《そうどう》にぶつかっただけです。五日前はどこぞのお金持ちの使用人が泣く泣く訪ねてきて『うちの旦那様《だんな》が我が子のように可愛《かわい》がっていた羊のミーちゃんが死んだんですが、旦那様は「ミーちゃんは私の娘《むすめ》だ。娘として葬式《そうしき》を挙げる！　ミーちゃんのために立派な着物と飾《かざ》り立てる宝石と棺桶《かんおけ》を買ってこい」というんです。お願いします、なんとかしてください』なんてやってきて、見事に解決したりしましたよ」

「え、何それ、どうやって解決したの。すっげー気になる」

「あとでお嬢様に聞いたらどうです。まあ、そんな感じで、毎日何かしらやってますから、別に昨日や今日が特別な一日だったわけじゃありません。上申書だって、毎日何かしら書いてますし。タンタン君いわく、『無駄《むだ》な努力』というものを毎日飽《あ》きもせずやってるわけですね」

「……わー、信じらんねぇ……俺には絶対ムリ」

「タンタン君、いいことを教えてあげましょう。『特別な人生』を送りたければ、別に自分が『ふつー以上』にならなくてもいい方法があるんですよ」

「はあ？」

「頑張って考えてみてください。別に難しくないですから」

蘇芳はチラリと静蘭を見上げた。読めない微笑《びしょう》も、昨日と今日で何だか慣れた。

「……なあ。あんたが三十過ぎって言ったこと、撤回《てっかい》するよ」

「おや、ふっ、いいですよ、快く謝罪を受け入れ――」

「その達観、間違《まちが》いなく四十越えてるぜ。じじ臭《くさ》すぎ。どうやって若作りしてんの。秘薬？　てかさ、あんたみたいなのって、カッコつけすぎて本命にはなんにも言えなくて結局そのまま終わるヤツの典型――おっわー！　なんでそう簡単に抜《ぬ》くかなあんた！」

「……タンタン君……いますぐ謝ったら、いいことがありますよ？　命日が今日から五十年も延びるんです。お得でしょう。ね？」

「……いやだ！」

「なんでですか！」

「なんかあんたにいっぺんでも屈《くっ》したら、この先の人生イロイロ支障がある気がすんだよ！」

「……タンタン君のくせに言うじゃありませんか。いい覚悟《かくご》してますね」

刃《やいば》のきらめきよりもなお不気味に静蘭の微笑みが閃《ひらめ》く。

秀麗が巻物をとりに二人を呼びに来るまで、静蘭は蘇芳をいじめていたのだが、結局蘇芳はなんだかんだいって最後まで謝らなかった。

「……そーいやさ、贋作とニセ金つくったやつって、どんな罰《ばつ》受けんの」

「贋作のほうは、裁き次第《しだい》ですが、多額の賠償金《ばいしょうきん》を払《はら》うのは間違いないですね。ニセ金は当然死罪です。これだけは本当に最悪です。一気に社会の景気が落ち込みますから」

「……ふーん、そっか」

蘇芳はそれだけ呟《つぶや》いた。


巻物を一つずつ確かめ、おおまかな事情を聞いた欧陽侍郎《じろう》は、ただなるほど、とだけ呟いた。

「……さて、うかがいましょうか。わざわざ私にこれを見せにきた理由はなんです？」

「あ、その、ちょっと、気になったことがあって……」

秀麗は贋作の一つを手に取った。

蘇芳は贋作を並べた卓子《たくし》の周りをプラプラしながら眺《なが》めている。

「……これなんですけど、私、見た記憶《きおく》があるんです。多分、真筆を」

秀麗が手にした画《え》を見て、欧陽侍郎はすぐに察した。

「……あなたの代の国試及第《きゆうだい》を祝う朝廷《ちようてい》の酒宴《しゆえん》で、特別に引き出されたものですね。私も記憶に残っています」

「そうです。あの……お城であのとき私たちが見たものは、真筆、ですよね？」

「……ええ」

無表情の欧陽侍郎に、秀麗はどう探《さぐ》りを入れようか迷い、外堀《そとぼり》から埋《う》めることにした。

「確か、あの年の国試及第者のために特別に描《か》かれたもので、あのあとは翰林院《かんりんいん》図画局秘蔵になるので、模本の予定もないって、言って……ましたよね？」

蘇芳が、ふと顔を上げた。

欧陽侍郎はまったく表情を変えずに淡々《たんたん》と肯定《こうてい》した。

「……そのとおりです」

「それって、おかしくないですか。じゃあ、この贋作を描けるのって――」

「秀麗殿《どの》、言いたいことはわかりました」

欧陽侍郎はやれやれと溜息《ためいき》をついた。

「……まったく、あなたはしょうがない人ですねぇ。とりあえず、ここまでにしておきなさい」

「え」

「一人で調べるのはここまでです。この件の裏に官吏が関わってるかもしれないということは、御史台《ぎょしだい》が動いてる可能性が高いんです」

「御史台――」

官吏の不正を調べ、処分を執行《しっこう》できる独自の権限さえもつ独立監査府《かんさふ》。

秀麗が侍僮《じどう》として中央府を行き来していたときも、御史台だけは決して入れなかった。

「知らなかったとはいえ、これ以上深入りすると、彼らへの越権行為《えっけんこうい》になりかねません。今の御史台は若手貴族の大官登竜門《とうりゅうもん》みたいなところがありましてね。まあ、……やたら矜持《きょうじ》の高い官吏が多いんです。睨《にら》まれないにこしたことはありません。特に今の御史台長官は――」

いつも冷静な欧陽侍郎が、珍《めずら》しく眉間《みけん》に皺《しわ》を寄せた。

「……少々、容赦《ようしゃ》のないかたですからね。上申書の証拠《しょうこ》そろえには、これで充分《じゅうぶん》でしょう」

秀麗の目が泳いでいるのを目敏《めざと》くとらえた欧陽侍郎は、まさかと思った。

「……あなた、まだ何か考えてることがあるとかいうんじゃないでしょうね」

「……あ、のー。もしかしたら、この贋作を売ってる人、欧陽侍郎に協力していただければ、うまくすればつかまえられるかも、という策を考えたんですけど」

「考えなくていいんです！　それは御史台や紫州府の仕事です！　ていうかあなたいま謹慎《きんしん》中なこと、ちゃんとわかってますか!?」

「……ですよねー。でもなるべく早く御用《ごよう》になったほうがいいじゃないですか。餌《えさ》をまいて釣《つ》れなかったらそれはそれで。試《ため》してみるだけで。こう、私が考えたとかじゃなくて、欧陽侍郎かタンタンが考えたことにすればいいですし」

「……はぁ!?　俺!?」

欧陽侍郎は声を上げた『タンタン』に目を向けた。

「タンタン！　うまくすればここで一発大逆転狙《ねら》えるわよ！　お父様のお金も返ってくるし！」

あちこちから贋作を眺めていた蘇芳は、秀麗の握《にぎ》り拳《こぶし》に唖然《あぜん》とした。

蘇芳は溜息をついた。

「……あんたさー、お節介《せっかい》だよな」

「う」

「……そーだな。ま、いーよ。俺の名前使っても」

欧陽侍郎もこめかみをもんだ。拍子《ひょうし》にジャラジャラと腕輪《うでわ》が鳴る音がする。

「……仕方ないですねぇ。ただし、この贋作、ちょっと預からせてください。気になることがあるので」

「あ、もともとそのつもりできたので、お願いします。うちだと保管にイロイロ問題が……万一雨とか降られたら雨漏《あまも》りするので……」

「……雨漏り……ってあなた……」

静蘭と秀麗不在の間、邵可は——考えてみればまったく当然のことだったが——邸《やしき》の修理などまったく思いもしなかったようだ。一度は霄太師からもらった金五百両で最低限の補修をした（むろん静蘭が）邸だったが、夏の大風でまたどこか吹《ふ》き飛んだらしい。おかげで二人が帰って初めて雨が降った時、以前と同じように桶《おけ》をもって走り回るハメになった。

静蘭がどこぞから瓦《かわら》をかっぱらってきて、仕事のない日にちょこちょこ修理をしていたが、まだ全面補修にはほど遠い。こんな状態で画なんぞまかり間違っても持ち帰れない。

「あ、それと、この巾着もお願いします」

そうして秀麗は『策』を話したあと、贋作《がんさく》と贋金《にせがね》を置いて、静蘭と蘇芳の三人で欧陽邸をあとにした。


欧陽侍郎は、秀麗が帰ったあと、贋作の筆蹟《て》をよくよく見た。

眦《まなじり》が、徐々《じょじょ》につりあがる。

……この筆蹟は、やはり——。

そのとき、別室の扉《とびら》が音もなくひらき、男が一人、顔をのぞかせた。

「……玉くん、無理を言って申し訳なかったね。休ませてくれてありがとう。ずっとあちこち捜《さが》し回っていたので、さすがに疲《つか》れてしまって……。いると思っていた場所が、ことごとく当てがはずれて……珀明くんも、忙《いそが》しいってきいたから、無理は言えなくて……」

欧陽侍郎はサッと礼をとった。それは主家に対する昔ながらの臣下の礼だった。

「いえ——とんでもありません。ところでお捜しのあのかたの居場所ですが——」

欧陽侍郎が示すより先に、男のほうが贋作に気づいて飛びついた。

「あ————っっ！　こっ、こっ、この！　画の筆蹟《て》は!!」

「……やはり……？」

「な、なんでこんなモノが出回って——いや、じゃあ、歌梨はどこに!?」

欧陽侍郎は息を吸った。御史台は、決して無能ではない。

「……もうすぐ、見つかるとは、思うのですが……」

「ななんてことだ！　せっかく珀明くんが朝廷《ちょうてい》で頑張《がんば》っているのに――あの子に迷惑《めいわく》が!!」

そのときだった。

もう一人、少年が飛び込んできた。門番の叫《さけ》び声からするとどうやら振《ふ》り切ってきたらしい。

「……迷惑が……なんですって？　義兄《にい》さん」

「わぁっ！　は、珀明く――……あれ、なんか、見ない間に、ずいぶんやつれたね……」

「……ええまあ仕事が忙しくて」

さすがに昨日今日と鬼《おに》のように頑張ったことを先輩《せんぱい》も認めてくれ、ようやく帰宅を許されたのだ。が、心優《やさ》しい義兄《あに》に、吏部《りぶ》のことを話して心を痛めさせるようなことはしなかった。

帰宅がかなった珀明だったが、門番から妙《みょう》な男がきたときいた瞬間《しゅんかん》、欧陽玉の邸に行くことに決めた。自分の邸でなければ、次に可能性が高いのはここだからだ。

珀明は門家筋の欧陽玉に改めて不作法をわびると、こめかみをもんだ。

「……それより義兄さんがここにいるということは……」

「あ、あのね、珀明くん、君に余計な心配はさせたくなくってね。だからね、内緒《ないしょ》にね」

「義兄さん……お心は嬉《うれ》しいんですけど……」

珀明は並べられた贋作を横目で素早《すばや》く鑑定《かんてい》した瞬間、一つをわしづかんで叫んだ。

碧珀明は、芸才はともかく鑑定に関しては碧家屈指《くっし》の『目』の持ち主だった。

「――なんですかこれは!?　何があったんです!!　歌梨姉さんはどこです!?」

「ぼ、ぼくもいま初めて知ったんだよ――――っっっ！　ぼくが貴陽にきたのだって、ここ最近だったし、もうふた月くらい歌梨さんを捜すことしかしてなくて、全然書画屋とかにも行ってなくてもう何が何だかぼくにもサッパリ」

欧陽玉はおもむろに近くの鉦《かね》をカーンと鳴らした。

「はい、落ち着いてくださいお二人とも」

二人はピタリと口を閉《と》ざした。

「近々、動きはあるはずです。さて、贋作対策と歌梨様捜索《そうさく》、どちらを優先させますか」

男は迷わなかった。

「――贋作に決まっている。知ったからには今すぐ手を打つ」

珀明と欧陽玉はちょっと笑った。いつも歌梨に振り回されている義兄だが――いざというときの決断力と、その誇《ほこ》り高さは本当に尊敬する。

「私は頼《たの》まれごともありまして、今から朝廷に行かなくてはなりませんが……」

欧陽玉の視線を受けて、珀明は頷《うなず》いた。

「わかってます。義兄さんと一緒に、僕も贋作流通を止めるほうに回ります。歌梨姉さんはそのあとで捜しましょう。――碧一族ですからね」

第五章　逆転の構図

邵可邸《てい》に戻《もど》った秀麗は蘇芳を夕飯に誘《さそ》ったが、蘇芳は今度も首を振って断った。

「……あのさー、上申書、書くんだろ？」

「ええ。できれば今日中に書き上げようとは思ってるけれど？」

「あ、そ。……そーだ、やるよこれ。やっぱうちにあったわ」

蘇芳が投げたのを反射的に受け取ると、それは小さな巾着《きんちゃく》だった。なかには、金の貨幣《かへい》と、なぜか耳飾《みみかざ》りの銀のタヌキが片方だけ入っている。

「ショーコってやつ。あったらイイモノなんだろ」

「ありがとう。でも銀のタヌキも入ってるわよ？」

「それ、もってて。あとでとりにくるかも」

「はぁ？」

秀麗がひきとめるまもなく、蘇芳は近くの軒《くるま》をつかまえて行ってしまったのだった。

●　◎　●　◎　●

──その晩、邵可と静蘭と三人で夕餉《ゆうげ》を終えたあと、静蘭は瓦《かわら》の葺《ふ》き替《か》え修理のため、屋根に登っていった。せっかくの公休日も仕事やら秀麗の付き添《そ》いやらで時間がとれず、ついに夜まで静蘭に屋根修理をさせるハメになってしまった。しかし今やらないと大雨の季節になる。

(羽林軍《うりん》の精鋭《せいえい》武官に屋根修理させてるのって……うちくらいよね……ごめんね静蘭……)

トンカンと微《かす》かに聞こえてくる音を聞きながら、秀麗はトホホな気分で食器を洗い終えた。戻ってくると、邵可はまだ居間にいて、……お茶を淹《い》れてくれていた。

「……う、あ、ありがと、父様」

「どういたしまして」

トンカンと、音が聞こえる。それを聞きながら、秀麗はここ数日を思い返した。茶州からずっと……考えてきたことがある。ずっと、父に言おうと思っていたことがある。けれど秀麗の悪い癖《くせ》で、こういった問題に関してはどうも先送りにしがちで。けれど、三太や、蘇芳の一件で、決めた。避《さ》けられない時期にきているのなら、迷う前に心を決めて、父に言わなくては。

もう、二度と、後回しにして、後悔することだけはしないと、決めた。

秀麗はぺたんと卓子《たくし》に頬《ほお》を付けてうつぶせた。

その言葉を告げるために、秀麗は息を吸おうとして──少し、失敗した。

「……父様……」

「うん?」

「あのね、茶州でね、葉医師《ようせんせい》に、ね、聞いたことが……あって、ね……」

とぎれとぎれの言葉になる。ふと、邵可の表情が変わった。

秀麗は、うつぶせたまま、前にある湯呑《ゆの》みを見つめた。戯《たわむ》れに、かつん、と指で弾《はじ》く。

……そのあとの言葉が、どうしてもつづかなくて。

もう一度勇気を出そうとしたら、湯呑みを弾く指を、父がそっと握《にぎ》りしめた。

「……わかった。言わなくていいよ。わかったから」

本当に父が察した上でそう言ったことが、わかった。秀麗の目尻《めじり》から、どうしてか涙《なみだ》がこぼれた。一度こぼれると、次々とこぼれた……泣くつもりなんて、まったくなかったのに。

それでも、不思議に声だけはしっかりしていた。

「あのね、父様……」

「うん」

「いつかね、静蘭も、この家を出て行くと思うの」

「うん」

「そしたらね、二人きりでも、いい？」

父の指を、しっかりと握りかえす。それでも、小さな震《ふる》えは止まらなかった。

「ずっと、二人きりでも、いい？」

邵可は、優しく微笑《ほほえ》んだ。そして、つかまれてる手とは反対の指で、そっと秀麗の髪《かみ》を梳《す》く。

「……君がいてくれさえすれば、それだけで私は幸せだよ。他《ほか》に、何も望まない」

秀麗の目から、いっそう涙があふれた。優しい言葉に溺《おぼ》れるように目をつむる。

「………ありがと、父様……。ごめんね……」

「どうして？　謝る必要なんて何もないよ」

頭を撫《な》でてくれる手が、嬉《うれ》しくて。

――決めた、ことがある。茶州からの帰路……帰ってからも、ずっと考えていた。

葉医師の言葉。三太の言葉。蘇芳の言葉。……劉輝の言葉。

秀麗は泣きながら、自らに誓《ちか》うように、告げる。

「私、誰《だれ》とも結婚《けっこん》はしないわ」

わかってはいたけれど、かつての妻と同じ言葉を告げた娘《むすめ》に、邵可は息を呑《の》んだ。

まるで、昔に戻ったような気が、した。

……その理由も、邵可には手に取るようによくわかった。

かつての邵可は愛する女性にその言葉を撤回《てっかい》させるのに死ぬほどやっきになったものだが、秀麗に対するその役目は、邵可のものではない。

邵可が秀麗にあげる言葉は、ひとつきり。心からのその言葉を。もう一度、邵可は囁《ささや》いた。

「いいよ。私は君さえいてくれればそれでいい」

どこかホッとしたように、秀麗は微笑んだ。そうして目を閉じる。

「ずっと二人きりね、父様。もし静蘭がいなくなってもやってけるように、屋根の修理くらいは覚えてね？」

「そんなの、簡単だよ」

やろうと思えば朝飯前だ。邵可は本音でそう言ったが、娘はまったく信じなかった。

「嘘《うそ》ばっかり。屋根に登れるかもあやしいのに。……ね、父様」

「なんだい」

「……あんまり早く、私を置いていかないでね？」

呟《つぶや》くような祈《いの》りの言葉に、邵可はもう一度、秀麗の頭を撫でた。

「それは、私の台詞《せりふ》だよ」


その晩、秀麗はいつものように文机《ふづくえ》に向かった。

だいぶ夜も更《ふ》けた頃《ころ》、一段落しようと仰向《あおむ》き——ふと、窓からさしこむいっぱいの月と星明かりに気づいた。窓を開けてみて、秀麗は思いついた。

料紙と文箱を抱《かか》えて、庭先に向かう。——やっぱり、外のほうが明るい。

庭先に引っ張り出した小さな卓子に、料紙と文箱を置く。椅子《いす》に腰《こし》を下ろす前に、いつものように劉輝のくれた桜の木に向かう。庭院《にわ》に出るたび、もう癖《くせ》になってしまった。

秀麗は蕾《つぼみ》を探し——ハッとした。

近寄り、目の錯覚《さっかく》でないことを確かめる。

「————……」

梢《こずえ》までも、嬉しそうに風に揺《ゆ》れて、音を奏《かな》でた。

秀麗は小さく息を吸った。みっつきりついていた、小さな桜の蕾。ようやく——。

「……咲《さ》いた……」

「……あれ、なんで君、庭院にいるわけ」

突如《とつじょ》聞こえた沓音《くつおと》と蘇芳の呑気《のんき》な声に、秀麗は耳を疑った。

「え⁉ た、タンタン⁉ なんでいるの⁉」

「……だってさー、君んち、門番いないじゃん。用があったら勝手に入ってくるしかないだろ。崩《くず》れた塀《へい》よじのぼってくるの、疲《つか》れたぜ……つか塀修理しろよ。裾《すそ》ギザギザになったぞ」

「……そういう問題じゃないでしょ」

「耳飾り、とりに戻《もど》ってくるかもってちゃんと言ったじゃん」

「夜中に戻ってくるとは普通《ふつう》思わないわよ……」

蘇芳は庭院に出した卓子をのぞきこんだ。

「……まだ書いてんの」

「そう。贋作《がんさく》の件だけじゃないし」

秀麗が卓子に着くと、蘇芳はそばの地面にじかに座り込んだ。

「待ってて。もう一脚《きゃく》……」

「……いーって。長居するつもり、ないし。仕事してろよ。勝手に話してるし」

何か話があってきたらしい。

秀麗は言葉に甘えて墨《すみ》をすり始めた。が——。

「……やーっぱさー。どう考えても君、全っ然俺の好みじゃないんだよね」

「……あ、あのねぇ。喧嘩《けんか》売りにきたの、タンタン」

「だから、親父《おやじ》のゆーこと、今回は聞かないことにするわ」

秀麗は墨をすることにした。

「君さー、ほんと頑張《がんば》りすぎ。イイ子ちゃんすぎ。鼻につくくらいやんなるってかさ」

「…………」

「夢なんてさー、他人にとっちゃ、迷惑《めいわく》でしかないじゃん。だって叶《かな》わないのを叶えるのが夢だろ？　自分のワガママで絶対何か踏《ふ》みつけてるワケだし。あんたを心配してた、あの三太？ってやつとかさ。他にもいるんじゃないの。誰か、そーゆーやつ。そんでも君はさー、上しか見ないってガンバッテるみたいだけど。それってどーなの？　偉《えら》くないよね、全然」

秀麗はプルプル震《ふる》えた。よりによって誰とも結婚しない宣言を父様に言った夜に――。

「……も、本っ気で喧嘩売りにきたと考えてぃーのね？　タンタン」

「君んとこの家人が、なんか聞きたいことあるなら直接訊《き》けってゆーからさ」

蘇芳は足を投げ出しながら、まんまるの月を物憂《ものう》げに見上げた。

「……なーんでそんなに一人で頑張っちゃってるの？　頑張るのって疲れるじゃん。それが報《むく》われなかったら、なんのために頑張ったのかもわかんないし。あの三太ってヤツの言葉、正しいと思うんだけど。朝廷《ちょうてい》にいたって、ズンドコドンドコガケップチばっかでさ、なんだってしがみついてるの。なんでそんなに官吏《かんり》やりたがってるわけ」

秀麗はまた墨をすり始めた。はーっと溜息《ためいき》をつく。

「……同じこと、言われたことあるわ。三太に言われるまで、忘れてたけど」

「……ん？」

「国試を受けるって決めたとき。二年前の夏……そこの小さい桜、植えたときなんだけど」

遠い遠い記憶《きおく》にさえ思える、夏。

絳攸から、告げられたこと。

「国試に受かったって、絶対ロクな目に遭《あ》わないけど、それでも受けるかって。受かったあとも、誰も手は差し伸《の》べない、お前は一人きりだって、何度も言われたわ。何度もしょげたりしたけど、考えてみれば、ちゃんと忠告されてたことが現実になっただけのことだったのよね。……ね、タンタン、忠告された時、その時の私は、それでもいいって思って、受けたのよ」

キラキラと、月光で墨が輝《かがや》いた。まるで、七夕の夜昊《よぞら》のようだと、思った。

一つきりなら、願いを叶えてもらえるかもしれない、特別な夜。

十六歳の夏まで、秀麗が毎年願っていたのは、たった一つの願いごと。

「……手に入らないと思ってたのが手に入ると、欲が出るのよね。昔の自分を、忘れたりするのよ。どんなに一生懸命《いっしょうけんめい》に願っていたか。つらいことばっかり、見えたり考えちゃったりするし。昔の私が見たら、そこにいるだけで幸せに決まってるのに。忘れちゃうの。それでも官吏になりたいって思ったときの心。だから何度も何度も振《ふ》り返って、確かめるの」

「……何を？」

「官吏になって良かったって思うこと。傍目《はため》には散々に見えるかもしれないけど、探せばたくさんあるのよ、これでも。ま、落ち込んでるときは忘れがちなんだけどねー……」

十八歳の今年、自分は、何を願っているのだろう。

蘇芳はこれみよがしな溜息をついた。

「……そーゆーとこ、イイ子ちゃんすぎー」

「前向きって言って。だってやってらんないわよ、そんくらい前向きに考えないと。後ろ向きに考えれば果てしなく底なし沼《ぬま》にハマるんだから。強がりでも言ってなきゃ本っ気で立ち直れなくなるわよ。タンタンの言う通りありえないズンドコドンドコガケップチだったんだから」

「そんでもさー、官吏がいいって思っちゃってるわけね」

「……別に、幸せになりたくないわけじゃないのよ？　ただね、官吏じゃなきゃ、手に入らない、ものがあるの」

官吏になって、たった一年。

ガックリきたりしょんぼりくることもたくさんあったけれど。

それ以上に、背筋が震えるほどの官吏を、見てきた。朝廷でも、茶州でも。

その眼差《まなざ》しの先を、追いかけて。いつか、並び立てるような、官吏になれたらと。

彼らに、少しでも近づいて、認められたら。

もう一度、誰かがシュウランと同じ言葉を言ってくれたら。

それはきっと、人生で最高の瞬間《しゅんかん》になるだろうと、わかってしまっているから。

それは、官吏でなければ叶わない一瞬。

「……ねぇタンタン、頑張るのって、確かに疲《つか》れるわ。ここだけの話、私だって疲れてるときは炊事《すいじ》洗濯《せんたく》に手抜《てぬ》きもするし、『あーもうイヤ!』ってときはふて寝《ね》決め込むわよ。でもね、起きて少し元気になったら、また頑張ろっかなーって、現金に思っちゃうわけ。なんでかってね、あるのよね。何もかも吹《ふ》っ飛んで、心に直接ドン、って何かが降ってきて。人生悔《く》いなし!って心底思えるとき。いつまたそんなときがくるかわからないけど、その一瞬のために、やっぱりもう少し……もう少しだけ、頑張ってみようかなって、性懲《しょうこ》りなく思うのかも」

「……だから手柄立《てがらた》てて、出世したいって、思ってるわけ?」

「手柄はわかんないけど、出世はね、できるだけしたいわ」

「……なんで?」

「他の人よりズルしてるぶん、頑張らないでどうするのよ。……それに、あとを、追いかけてきてくれる子が、できたの」

いつか、官吏になるから待っててと、告げた声が耳に蘇《よみがえ》る。

「約束、したの。あの子が上がってきたとき、胸を張って会いたいわけよ。できれば偉くなってたいじゃないの。『フフフ、私も負けてないわよ』ってえばりたいワケよ」

絳攸が、秀麗に示したように。いつか自分も。

「ここにいるから、頑張りなさいって、手を伸ばせたら、最高にカッコいいじゃない」

「……そんだけかよ?」

「そんだけ。それで充分《じゅうぶん》じゃないの。どんな答え期待してたのよ」

「もちっと優等生の答えが返ってくるかと思った。……言わせてもらえば、君、多分あんま出世できないと思うけど。出る杭《くい》打たれっぱなしみたいな人生じゃないの、きっと」

「どーしてタンタンはそう悲観的なの。人生何があるかわかんないわよ」

「……君は楽観的すぎ」

蘇芳が見上げた昊には、誰かがばらまいたように星くずが散らばっていた。

まるで、雨になって、降ってきそうなほど、キラキラしていて。

「……あんたはさー、きっと自分の正義を信じてるんだろうな」

「信じたいとは思ってるわ」

「善意とか、優《やさ》しさとか、頑張れば報われるとか、綺麗《きれい》なことたくさん、信じちゃってるだろ。何があっても、お天道《てんとう》様見て歩こうとかって思ってるだろ」

「口だけでも、理想も綺麗事も、言えなくなるのは悲しいわ。いつかいいことがあるって、一人で勝手に信じるくらいいいじゃないの。うつむくと、それだけでしょんぼりするからなるべく顔を上げようとは思うわ。強がりでもなんでも、言ったら現実になるかもしれないし」

蘇芳はまた溜息《ためいき》をついた。

「……あーやだやだ。君って全っ然好みじゃないわ」

「ああそーですか。私もタヌキつきで川に流された男に求婚《きゅうこん》されたのは初めてだったわよ」

「あんたといるとさー、ほんっとすっげー疲れそう。精気吸い取られそうっつーか」

「なんっって失礼なこと言うのタンタンは。そういうことは胸にそっとしまっておいてよ」

「……君さー、怒《おこ》ったじゃん。団子食ってるとき。それまでは得体がしれなかったけど」

「得体がしれ……ね、ねぇ、タンタン絶対口から先に生まれてきたでしょ……」

蘇芳はあぐらをかくと、膝《ひざ》をつかって頬杖《ほおづえ》をついた。

「あんときさ、……よーやく君が、ふつーに見えたよ」

できすぎのイイ子ちゃんは、ただ強がってるだけだったのだ。

一度立ち止まったら、もう前に進めないギリギリのところを、きっとずっと走ってきたから、止まるのが怖《こわ》くて、突《つ》っ走っているだけなのかもしれないと、思った。別に、疲れたらあきらめりゃいーじゃんとか、蘇芳は思うのだが。きっとこの女は違うのだろう。それは、まだ蘇芳にはわからないことだけれど。

「……俺さー、君の言うことがホントかどーかは、わっかんねーけど。世の中そんなに甘くねーと思うし。俺みたいに、すーぐあきらめたり、『も、いっかなぁ』なーんて思っちゃう人間には、サッパリ理解しがたいし、一緒《いっしょ》にいると惨《みじ》めになるし、疲れるし、お節介《せっかい》だし」

「…………」

「でもさ、君、一度も俺に『なんであんたは頑張らないの』って、言わなかったよな」

「……。……そ、そう？　だったかしら？」

「そ。だからさ、そこだけは『ふーん』って思ったわけ。いっぺんでも言われたらさすがの温《おん》厚《こう》な俺様もあらカッチーンてきてたと思うけど。ほっとけよ、ってさ」

蘇芳は音もなく立ち上がった。

「でも、君は言わなかったから。……久々に、外の空気も吸えたし？　お礼、してやるよ」

「は？　お礼？」

「俺さ、母親に言われたことで、一つだけ記憶《きおく》に残ってることがあんの。『どんな人生生きてもいいけど、本当に頑張《がんば》ってる人の邪魔《じゃま》だけはしちゃダメ』みたいなこと。……そんくらいなら、まあ、俺にもできそーだから」

「？？？　タンタン、全然話が見えないんだけど」

「一緒にくれれば、わかるって。君一人だけ連れ出すと、あのおっかない家人に殴《なぐ》られそーだから、あの男も一緒に連れてこいよ。……でさー、道々、聞きたいことがあんだけど」

蘇芳は真顔になって、秀麗を振り返った。

「羊のミーちゃんのお葬式《そうしき》、どうやってとりやめさせたわけ。すげー気になんだけど」

「……静蘭……タンタンにはイロイロ話すのね……」

時は少しさかのぼる。

歌梨を追いかけていた劉輝たちはその晩、ようやくある庭師に辿《たど》り着いた。

晩ご飯時にいきなり見知らぬ珍客《ちんきゃく》が駆《か》け込んできても、呑気《のんき》な庭師夫婦《ふうふ》は怒らなかった。

「え？　ちょっとヘンな美人？　あーきたきた。ついさっき。なんかな、画《え》をだしてきて『あなた、この画に描《か》いてある庭院《にわ》と同じ場所を知っていて⁉』って訊《き》いてきてなー」

　ここまでは今まで訪ねた庭師と同じ話だった。

　歌梨という女は、誰《だれ》かが描いた画そっくりの庭院を、なぜか捜《さが》しているらしいのだ。

「あーあるあるって、答えたら、場所聞いてスッ飛んでったよ。さっき」

「ある⁉」

「だっておれが丹精《たんせい》こめて世話してる庭院だもん。そりゃあ知ってるさー」

　そうして、庭師は冷めていく魚料理と引き換《か》えに、親切に場所を教えてくれた。

　——そのあと速攻《そっこう》で庭師が教えてくれた邸《やしき》の門前に劉輝たちが軒《くるま》を乗り付けたとき、門扉《もんぴ》は
ピタリと閉じて、どうしてか門番も居なかった。

　気配を感じて視線をやれば、少し離《はな》れたところで一人の女が塀《へい》をよじ登っていた。

　……あまりにもあやしすぎる光景である。

　男ならちょっと頑張れば登れないこともない高さだが、女には高すぎて、のぼっては途中《とちゅう》で
指をすべらせ、べちゃっと落っこちていた。

　やがて女は癇癪《かんしゃく》を起こした。

「何ですのこの塀！　わたくしの行く手を阻《はば》もうなんて無礼千万《せんばん》だわ‼　許し難《がた》くってよ！」

　声をかけようとした劉輝たちはうっと躊躇《ためら》った。後ろ姿から、よもやと思っていたが——。

「……あー……絳攸の予言が当たったね……」

　やはり、昨日大男の股間《こかん》に跳び蹴《げ》りを食《く》らわせていたあの女が歌梨だったらしい……。

また懲《こ》りずに塀をよじのぼろうとした女だったが、下手な落ち方をして、今度は尻《しり》ではなく頭から転がり落ちた。

寸前で楸瑛が駆けつけて抱《だ》き留めたが、女は目を開けて楸瑛を認めた瞬間《しゅんかん》、礼を言うどころか「ぎゃ！」と叫《さけ》んで逃《に》げるように飛びのいた。

そしていつのまにか背後にいた男たちに気づくと、さらに血相を変えた。

「いやー！　なんですの、むさくるしい男が三人も！　最悪ですわ!!　なんてツイてないのかしら！　しっしっ。用がなければとっととお行きなさい！　見せ物じゃなくってよ！」

しっしっと追い払《はら》われた劉輝たちは何を言われたのか、理解できずに凍《こお》りついた。人生において、おのおの『むさくるしい』という形容詞を使われたことは未《いま》だかつてない。

しかし女嫌《ぎら》いの絳攸は他《ほか》の二人より立ち直りが早かった。

「なんだこの女はー！」

「この女ですって!?　猿《さる》以下ですわあなた！　男なんてただでさえ頭も口も悪い上に横柄《おうへい》でゴツイしむさいし怒鳴《どな》るしすぐ汚《きたな》くなるし拳《こぶし》の語り合いだとかいって殴り合うお馬鹿《ばか》な生き物かつ潤《うるお》いも何もありゃしない史上最低の低能動物のくせに、外面《そとづら》さえ取り繕《つくろ》えなくなったらもう終わりですことよ！　いいこと、初対面の女性を『この女』呼ばわりする男と連れ添《そ》った奥様を『おいお前』なんて呼ぶ男は生きてる価値なしというのがわたくしの持論ですわ！」

絳攸は呆然《ぼうぜん》とした。……あまりにひどいことを言われすぎて、頭の中が真っ白だった。もう何に反応していいかさえわからない。

楸瑛は頬を引きつらせた。

「……こ、胡蝶が言ってた『男にはキビシイ』って……こういうことだったのかな……」

「き、厳しすぎる……」

劉輝は嫌《いや》な動悸《どうき》がする胸を押さえた。しかしここでしょんぼり引き返すわけにはいかない。

「その……おたずねするが、歌梨というのはあなたか?」

瞬間、警戒《けいかい》するように女——歌梨の顔色がサッと変わった。

「……わたくし、いまたいへん取り込んでおりますの。あとになさってちょうだい」

ひとんちの塀をよじのぼっていたのに、歌梨は胸を張って堂々とそんなことを言った。

劉輝は慌《あわ》てた。昨日今日でもよくわからない苦労を相当したのに、ここで逃《のが》したらまたいつ会えるかわからない。

「すぐすむ。碧幽谷の居場所を知りたいだけなのだ。何か知っていたら、教えてほしい」

歌梨からすべての表情がかき消えた。

「……どこのどちらさまでいらして?」

劉輝は迷った。正式に名前と身分を名乗るべきだろうか——。

そのとき、カラカラと背後から軒の音がした。

振り返ると、ちょうど軽い沓音《くつおと》とともに軒から誰かが降りてくるところだった。

劉輝は呆気《あっけ》にとられた。

秀麗と静蘭もポカンと口を開けた。

「……なんでここに？」

両方一緒《いっしょ》に呟《つぶや》いたあと、あとから軒を降りた蘇芳が、門前に並ぶ面々に首をひねった。

「……なんだぁ？　こんな大勢で、うちに何か用？」

その言葉に、歌梨は大きくわなないたあと、蘇芳に突進《とっしん》し、そして。

何一つ言葉にならない気持ちがあふれるように、ボロボロと大粒《おおつぶ》の涙《なみだ》をこぼした。

・❋・❋・

秀麗と静蘭は思わぬ光景に呆気にとられた。

「……え、もしかしてタンタンのお母さん……とか？　でも若すぎるわよ、ね」

「どー見ても同じ歳《とし》くらいだろ！　おふくろは他に男つくってとっくに出てったよ」

サラリと言われた言葉に、秀麗は何と言っていいかわからなかった。

けれど蘇芳はどうして歌梨が泣いているのかわかったらしく、頭をかいた。

「……えーと、歌梨……さん、だっけ？　あんたが捜《さが》してるの、うちにいるよ。ちゃんと案内して返すからさー、泣くなよ」

歌梨は泣きながら、ただ頷《うなず》いた。

蘇芳は静蘭を振《ふ》り返った。

「なぁ。あんたさー、腕《うで》に自信ある？」

「まあ、それなりには」

「じゃあ、顔だけじゃないってとこ、おじょーさまに見せてあげられるかもだぜ」

劉輝たちはぞぉっとした。静蘭になんてことを！

けれど静蘭は、なんとなく蘇芳の様子が違《ちが》う気がして、眉根《まゆね》を寄せた。

「タンタン君……？」

「あ、そーいやさー、わかったぜ。どーして金物屋気にしてたのか。塩はわかんなかったけど。あれさ、ニセ金に使われる銅がどっかに流れてて、だから金物にまわされる銅が少なくなって、銅鍋《どうなべ》とかの値段が上がっちゃってるってことだろ？　でも上がりかたがゆるいし、上がり始めたのがひと月くらい前なら、まだニセ金の流通は少ないはず、っていう。当たり？」

これには劉輝たちも息を呑《の》んだ。

さすがに秀麗も蘇芳の様子がおかしいことに気がついた。

……嫌な、予感がした。少し考えればわかるのに、考えたくなかった。

『……あんたはさー、きっと自分の正義を信じてるんだろうな』

さっき交《か》わした会話が、別の意味を持って跳《は》ね返ってきそうな気がした。

「タンタン……お礼、って、なに？」

「見てのお楽しみ」

蘇芳だけはいかにも気楽な足取りのまま、門の脇《わき》の小さな扉《とびら》の鍵《かぎ》を開けて中に入った。

蘇芳が案内した先にあるのは、小さな離《はな》れだった。

真夜中だというのに、窓からは灯《あか》りがもれている。

「おねーさんが捜してるのは、あそこにいるよ。庭院《にわ》で寝てると、たまーに出てきたから」

駆《か》け出そうとした歌梨を劉輝が抑《おさ》える。

「タンタン殿《どの》……あそこに突《つ》っ立ってる男は、殴《なぐ》っていいのか？」

「いいよ。今はさ、あそこにいる男しかいないから。あれ転がしたら中に入れ――」

その言葉と同時に、楸瑛と静蘭が風のように飛び出し、男が声を上げるまもなく殴って縛《しば》りあげて蹴《け》り飛ばして転がす。あまりの手際《てぎわ》の良さに、蘇芳は口を開けた。

「……なに、いつもこんな押し込み強盗《ごうとう》みたいなコトやってたりすんの？　ナニモノ？」

「タ、タンタン殿……世の中にはあまり知らなくても良いこともあるのだ」

『押し込み強盗みたい』な二人のうち一人が自分の兄で、一人が自分付きの近衛《このえ》将軍とはどうしても言えない劉輝であった。

その劉輝の腕をふりほどいて、歌梨が駆ける。

その後を追って、離れになだれこんだ秀麗たちが目にしたのは――。

うずたかく積まれた画と、何十本もの筆、むせるような墨《すみ》と顔料の匂《にお》いに囲まれて、描《か》きかけの画《え》の前で絵筆をもつ――まだ五、六歳ほどの、幼い男の子だった。

振り返った少年は、歌梨を認め――そして、みるみるうちに涙をいっぱいにためた。

「……母上!!」

思わぬ人物に誰《だれ》もが絶句するなか、歌梨だけはまっすぐに少年に駆け寄った。

「――万里《ばんり》！」

「お、お、遅《おそ》いよ母上ぇええええ。あれだけわかるようにさんざん描《か》いてたのに、どうしてこんなに迎《むか》えに来るのが遅いの！」

「書画屋なんて、ここ何ヶ月も行ってなくてよ！　珀明の邸《やしき》に行くというから、わたくしも安心してたのに――昨日初めて画《え》を見て仰天《ぎょうてん》してよ!!」

「母上のばか！　どうせ妓楼《ギロウ》で女の子と遊んでたんだ！　僕のことなんて忘れてたんだ！」

「仕事とおっしゃい!!　こもって集中していたらいつのまにかふた月も経《た》っていたのよ！」

「それを忘れてるってゆーんだぁ！　母上ひどい！」

劉輝と楸瑛は、真筆と贋作《がんさく》の入り交じる室《へや》を見渡《みわた》し、慄然《りつぜん》とした。

「……これ、まさか、あの小さな子が全部描いたのか……？」

――ものすごい才能だった。

鳥肌《とりはだ》が立った。なまじ造詣《ぞうけい》が深いため、その神懸《かみが》かり的な才能に震《ふる》えが走る。

「どうしてこんなところに閉じこめられるようなことになったの!?」

万里と呼ばれた少年は、えぐえぐとしゃくりあげた。

「珀明叔父上《おじうえ》のお邸まで歩いてたら、好きなだけ、画の勉強させてくれるって、いわれて。っいてったら、見たことない昔の凄《すご》い画がたくさんあったから、夢中で模写して描いてたの。だって、いくら頑張《がんば》っても母上にぜんぜん追いつけないんだもん。母上、女の子が好きで、僕、男だから、画がうまくならないと、ダメだもん。父上みたいにいつか置いてかれちゃうもん」

　歌梨はぎょっとした。

「なっ、なにを言うの！　別に置いてったわけじゃなくってよ。あの唐変木《とうへんぼく》がわたくしを追いかけるのが毎度毎度遅すぎるのが悪いの！　わたくしに対する愛が足りないのよ！」

「父上、母上たくさん愛してるもん。それでも母上は置いていくでしょ。僕、大きくなって母上に嫌《きら》われる前に、画、頑張りたかったの。……ううん、ほんとは違う」

　万里は、描きかけの画を手に取った。吸い込まれるように、幼い顔が画師に変貌《へんぼう》する。

「……母上みたいに、画を、描きたかったんだ。母上のような画を――ううん、僕は、僕だけの、僕しか描けない、画を、描きたいって、思ったんだ。でも、まだすごいへたくそだし、母上はなんにも教えてくれないし、だから――ここに、ついてきちゃったんだ。でも……」

　しょんぼりと万里は肩《かた》を落とした。

「……僕、模写のつもりで描いてたのに……それ、本物だって売ってるの、知って……でも、描かないと何されるかわかんなかったから、途中《とちゅう》から、ちょっとずつ、僕の筆蹟《て》をいれてって、母上とか父上とか珀明叔父上とか、気づいてくれるといいなって、思って頑張ったり、この家の庭院を僕の筆蹟《て》で描いて売ってもらったりとかもしたのに、なんか、高く売れなかったとかで、結局三、四枚くらいで終わっちゃって……待てど暮らせど誰もこないし……」

劉輝たちはハッとした。

歌梨が片っ端《ぱし》から贋作を当たっていたのは、息子《むすこ》が描いた画に、何か手がかりがないか探していたからだったのだ。そうして、きっと昨日、どこかで見つけたのだ。おそらく、この庭院を描いたという息子の『真筆』を——。

「……だから、『植木屋と庭師の店』だったのか……」

絳攸は額を押さえた。息子の真筆こそが最大の手がかりだと踏《ふ》んだ歌梨は、画そっくりの庭院のある邸を探して、怒濤《どとう》のように植木屋と庭師に突撃《とつげき》をかけ——見事に一日でつきとめた。

手がかりを探して貴陽を駆《か》けずり回り、夜中になってもあきらめずに塀《へい》をよじのぼって息子を助けようとした。ポロポロと涙をこぼしたあのときの表情《かお》——。

どうにもこうにもいろいろ難アリの女性のようだが、息子と（置いてきぼりにしたという）父親を心から愛して心配しているのは、間違いなかった。

「……主上、この会話からすると——」

「ああ……間違いない。まさかと思ったが、幽谷は——」

そのとき、何気なく周りを見ていた秀麗は、あるものを見つけて息を呑《の》んだ。

「……劉輝……これ……」

差し出されたものを見て、劉輝は顔色を変えた。それは貨幣鋳造《ちゅうぞう》の際、最後に押して正規の貨幣であることを示す、紫紋《しもん》の極印《ごくいん》。略印ではあるが、充分精緻《せいち》な意匠《いしょう》のため、偽造貨幣は、主にこの意匠で判断する。——その極印は、素人ならまず見抜けないほどの出来だった。

その極印を見た歌梨は、察して蒼白《そうはく》になった。

「……万里、まさか、あなた、あの極印、彫《ほ》った、の……？」

事態がよくわかっていない万里は、不穏《ふおん》な空気を感じつつも、正直に頷《うなず》いた。

「え、う、うん……気分転換《てんかん》に、たまには、彫り物も、したらって、言われたから。母上、彫り物も上手だし、僕もちょっと、やってみてもいいかな、って、思って……。ためしに、この模様、彫ってみたらって……だから、何枚か……一番いいのはどこかにもってかれて……」

絳攸は呻《うめ》いた。贋作づくりはともかく――。

こればかりは、いくら子供で、何もわかってないといえど、言い逃《のが》れは、きかない。

「……なんて、ことだ……！」

――贋金鋳造《にせがねちゅうぞう》に関《かか》わった者は、誰であろうと、すべからく死罪。


凍《こお》りついた空気を破ったのは、歌梨の静かな声だった。

「……贋作づくりも、この偽造極印をつくったのも、碧幽谷ですわ」

歌梨は迷わず、劉輝を見た。

「全部、碧幽谷が、したことです、主上。なにとぞそのようにお取り計らいくださいませ」

「え、母上、幽谷って、僕じゃなくて母上の雅号《ガゴウ》……」

「……万里、よくって？　わたくし、これからあなたを置いて長い旅に出ることにしたわ。ひとまず珀明の邸に預けるから、父様が迎《むか》えに来たら、それからは父様と一緒《いっしょ》にいなさい」

つん、と冷たくそっぽを向いた母親に、万里の幼い顔がくしゃくしゃに歪《ゆが》んだ。

「な、なんでぇ……？　僕が、わるい人にさらわれちゃったから、怒《おこ》ったの？　ごめんなさい、ごめんなさい。置いてかないで。もうしないから。なんでもするから、一緒にいさせて母上」

幼い泣き声に、劉輝はぐらりと頭の奥が揺《ゆ》れた。

置いて、いかないで――……。

遥《はる》かな彼方《かなた》から、声がする。

目の前がチカチカ点滅《てんめつ》する。脂汗《あぶらあせ》が流れ落ちる。

そのとき、誰かが手を握《にぎ》ってくれた。両手それぞれに、一人ずつ。

急速に、視界がひらける。呼吸が楽になる。

一度、それぞれの手を握りかえしてから、劉輝は自ら手を離《はな》した。……深呼吸をする。

「……大丈夫《だいじょうぶ》だ、離れ離れになることはない」

歌梨がギクリと万里を背にかばった。まさか、二人もろとも――。

劉輝は、偽造極印を手に取った。

「……これは、試作品だったのだ。そうだな、幽谷殿《どの》？」

「……え？」

「余はそろそろ、偽造《ぎぞう》のしにくい新意匠の極印をつくりたいと思って、天下に名高い碧幽谷を捜していた。碧幽谷はもっぱら画に注目が集まりがちだが、彫り物の才も画にひけをとらぬ腕《うで》前《まえ》と知る者は少ない。余は碧幽谷に、貨幣の新意匠《しんいしょう》の依頼《いらい》をし、そなたはそれを受けて、制作を開始した。これはその試作品の一つだった。そうだな、碧幽谷殿？」

幽谷——歌梨の目が、驚《おどろ》いたように瞠《みは》られた。

「……あなた……」

「……そなたを捜し回っていたのは、本当にそのためだったのだ。贋金が大々的に製造される前に、新貨幣切り替《か》えの公布をしたかった。ゆえに銅の動きを逐一《ちくいち》全商連で調べてもらい、相手が大量生産に移る前に贋金もなるべく内々に回収してもらえるように頼《たの》んでいた。まだ猶予《ゆうよ》があるうちは、こっそり事を運ぼうと思っていたのだが……そなたに彫り物の依頼をすれば、勘《かん》のいい者が気づく恐《おそ》れがあった。だから、表向きは肖像画《しょうぞうが》の依頼ということにして、実は新貨幣極印依頼をしようと思って、捜していたのだ。少々順番が狂《くる》ったが——どうだろうか？」

歌梨は紅《あか》い唇《くちびる》で、嘆息《たんそく》した。

「……引き受けざるをえないわね……いいえ、素直《すなお》にお礼を言うわ。ありがとう」

「母上ぇ……置いてかないで……僕、母上とずっと一緒にいたい」

えぐえぐ泣きじゃくる息子を、歌梨は優《やさ》しく慰《なぐさ》めるどころか、じーっと観察を始めた。

「……面白《おもしろ》い顔だわ。あとで描《か》いてあげてよ。子供って、見ていて飽《あ》きないから不思議ね」

万里は絶句すると、泣くのをやめて怒り出した。

「ひどいよ母上！　いつだって僕より仕事が大事なんだ！　僕までネタにするんだ！」

「ホーホホホ、わたくしにとって画を描くことは生きることそのものだもの。当然だわ！」

ひどい、とその場の誰もが心の中で思った。

「……でも、息子さん、泣きやんだわ」

秀麗の呟《つぶや》きに、劉輝はハッとした。……確かにそうだ。ぷんぷん怒っている少年を見れば、もうさっき母親に置いてかれそうになったことも忘れているだろう。

「万里、これからしばらく一緒にお仕事するわよ。よくって？」

「え、母上と一緒に？」

「ええ。でも、容赦《ようしゃ》しなくってよ。他《ほか》の彫り師や画師のほうが上手だったら、あなたのは当然使用なんてしなくってよ。ポイよ、ポイ」

この言葉には、万里は怒らなかった。

「――いいよ。望むところだよ。母上とお仕事するのは僕だよ。じつりょくで頑張《がんば》るもん」

ぐっと顔を上げた万里に、絳攸は感嘆《かんたん》した。

「……驚いたな、あの年で、もう一人前の自覚ができてるぞ……」

歌梨は懐《ふところ》から、一枚の画を取り出した。それは、万里が描いた『真筆』。

「万里、あなたはこれから、もうひとつの名前をもちなさい。その資格をもったわ」

その意味を知った万里は、歓声《かんせい》を上げた。

「雅号、くれるの母上!?」

「わたくしが谷だから、あなたは山でいいわね。碧幽山《ゆうざん》にしましょう」

「……母上……本当になんも考えないでつけたでしょ……」

「雅号なんてどうでもよくってよ。それとも川のほうがよくって？」

「ううん、僕、他にずっと考えてた雅号があるんだ。それがいい」

万里がその雅号を言おうとしたときだった。

「——な、なんだ、この騒《さわ》ぎは—!?」

くるんと丸まった短い髭《ひげ》の男が、豪華《ごうか》な綿入れを羽織りながら飛んできた。

◉ ❋ ◉ ❋ ◉

「あー、親父《おやじ》」

それまでただ事態を眺《なが》めていた蘇芳が、呑気《のんき》な声でそう言った。

「す、す、蘇芳！　なんだこれは！」

叫《さけ》ぶ男を見た瞬間《しゅんかん》、劉輝と絳攸はすべてを理解した。二人は、彼を知っていた。

「親父のささやかな金儲《かねもう》けが、バレちゃったってこと。出入りしてた画商も、今頃《いまごろ》工部侍郎《じろう》さんの邸《やしき》でとっつかまってると思うよ。俺が夕方帰ったとき、この子供が描き上げたばかりの贋《がん》作《さく》借りて、『なんか工部侍郎がこの画ほしがってるらしい』って言ったら、喜び勇んで贋作もっていったから。まだ帰ってないってことは、捕《つか》まってると思うんだよねー」

秀麗は愕然《がくぜん》とした。それと似たようなことを、秀麗はさっき欧陽侍郎に頼んだ。けれど、秀麗が提案したのはもっと不確かな——『翰林院《かんりんいん》図画局所蔵の画と目録を照合して、もし紛失《ふんしつ》画があったら、それが次の贋作として出てくる可能性が高い。欧陽侍郎がそれを欲しいという噂《うわさ》を流したら、画商がカモネギでくるかもしれない。そしたらとっつかまえてください』という、ある意味賭《か》けに近いものだった。けれど、蘇芳はそれをより確実にした。

秀麗は、自分が何を言ったのかに気づいて、全身に冷や水を浴びたような心地《ここち》がした。

欧陽侍郎に、秀麗があの提案をしたとき、蘇芳はどう思って聞いていたのだろう。

『タンタン！　うまくすればここで一発大逆転狙《ねら》えるわよ！　お父様のお金も戻《もど》ってくるし！』

『……そーだな。ま、いーよ。俺の名前使っても』

秀麗のあの言葉を、彼はどう思い、どんな気持ちで、答えたのだろう。

――彼の父を、犯罪者としてつかまえる、提案を。

ガクガクと、膝《ひざ》が震《ふる》えた。

「タ、タンタン……」

「ん？　ああ、気づいたのは贋作ちゃんと見たとき。親父、俺に似てマヌケだからさー、あの真筆、得意げに邸に飾《かざ》ってたわけ。君、言ったじゃん。贋作の真筆もってるのが、いちばんあやしいってさ。あーあって思ったわけ」

「タンタン！」

「ちなみに、親父って、こないだまで翰林院図画局にいたんだよね。クビになったのも、長官が退官した後、秘蔵の画を紛失したからってことだったんだけどさー、今から思えば、家に持って帰って贋作描かせてたんだよなー、きっと。買い取ったのでコソコソやってれば、見つからなかったのに、欲かいちゃうからこーなるんだよなー。まあ、日がな一日邸でゴロゴロしてたのに全っ然気づかなかった俺も俺だけどさ」

秀麗の耳に、蘇芳の声が響《ひび》く。

『……あんたはさー、きっと自分の正義を信じてるんだろうな』

どんな思いで、彼は。

「蘇芳！　お、お、おまえ——」

「これが礼だよ、紅秀麗。願いどおり、これでもう贋作は出回らなくなるぜ。上申書のかわりに、この件の詳細《しょうさい》書いて朝廷《ちょうてい》に出せば、謹慎《きんしん》処分もちょっとは早くとけるかもだぜ」

「——タンタン！」

「……でもなー、ニセ金の件は親父、マジで知らなかったと思うんだよな……親父、肝《きも》が小さいから、そこまではやれないと思うんだけどな……贋作でコソコソ稼《かせ》ぐならまだしも、見つかったら死罪なんだろ？　ちょっとなー……」

秀麗はあえいだ。——死罪。

「に、に、ニセ金⁉　なんだそれは⁉　私はそんなの知らないぞ！」

まだ何が起こっているか理解しきれてない榛淵西《しんえんさい》も、死罪とニセ金という単語はかろうじて耳にひっかかったらしい。猛然《もうぜん》と首を振《ふ》るその様子は、確かに本当に知らないように見える。

けれど、実際に邸内《ていない》で偽造極印が見つかった以上、すべては言い訳としか判断されない。

同じ邸にいた、彼の息子《むすこ》である蘇芳も、知らないではすまされない。

「あ、それとさ、確か御史台《ぎょしだい》の官吏《かんり》なら、その場でとっつかまえられるんだよな？」

蘇芳は秀麗を見たが、真っ青なまま何も言えないでいるのを見て、静蘭に首《こうべ》を巡《めぐ》らした。

「……だよな？　物知りでおっかない家人さん」

「……そう、ですが……」

「俺の記憶《きおく》が確かなら、今の俺の所属って、確か御史台だったと思うんだけど、役に立つ？」

秀麗は今度こそ、何も考えられなくなった。

秀麗が蘇芳をむりやり引っ張り回して、付き合わせた結果が、これだ。

「ちょ……っと、待ってよ……なに……私………」

秀麗は思わず劉輝や絳攸を振り返り――激しい自己嫌悪《けんお》に陥《おちい》った。

この邸で贋作がつくられていたことも、偽造極印があったことも、紛《まぎ》れもない事実だ。

万里の件はともかく、これは、完全な犯罪だ。

なんとかできるかなんて、口が裂《さ》けても言えるわけがない。

「紅秀麗、あんたさー、自分の正義を信じたいって、言ったよな？」

秀麗は震えた。

「俺はさ、そーゆーこと、もう考えなくなって、結構経《た》つんだ。むかーし昔はさ、あんたほどじゃなくても、ちょっぴりは、考えたこともあったかな。中書省って、あるじゃん？　王様の秘書やるとこ。親父に初めて買ってもらった官位がそこでさ。超《ちょう》下っ端《ぱ》だけど」

劉輝は、ふっと顔を上げた。

「王様の秘書が仕事なのに、次の王様になりそうな、それぞれの公子にへつらうのが仕事みたいなもんだったな。そのころの俺は、俺なりに、頑張《がんば》っちゃってたんだけど、ちょっと何か言えば、不思議なことにそのたびにどんどん官位が下がってくわけよ。俺ってさー、昔から、あんまり考えない性格でさ。おっかしーなー、仕事ちゃんとしてるのになー、なんでだろ？　なーんてマジで首傾《かし》げてる間に、あれっと思ったときには、貴陽からも追い出されてた。地方左遷《させん》てやつね。そのおかげで、最悪な時に巻き込まれなくてすんだってのも、あるんだけどさ」

劉輝はぎゅっと拳《こぶし》を握《にぎ》りしめた。その『公子たち』のなかに、彼も入っていたのだ。

蘇芳は、震えている父を、少し哀《あわ》れみの目で見つめた。

「親父はさ、親父なりに、俺のこと心配してくれてさ。金ばらまいて、なんとか貴陽に戻《もど》れるように段取り整えて、官位もまた買ってくれたわけ。そのころの俺は、もう今の俺。出仕する気にもなんなくて。ゴロゴロしてたら、またこれが何ごともなく時が過ぎるわけだよ。誰《だれ》も何も言ってこないし、何ごともなく朝廷も毎日も動いてさ。あーらら、俺ってば、ほんと別にこの世に必要ない人間だったんだなーって、再認識《さいにんしき》しちゃったわけ。でも、まーいっかってさ。もうなんか考えることも頑張ることも疲《つか》れてた。流されて生きるわ俺って思ったわけよ」

蘇芳は小刻みに震えている秀麗を、チラッと見た。

「あんたに言ったこと、全部本音だし、別にあんたのなんかが俺を変えたわけでもないよ？　二日でなんも変わらないって。でもさー、途中《とちゅう》でちょっと賭《かけ》をしたんだよね」

「……か、賭？」

「そ。イイ子ちゃんでなんか頑張っちゃってる君なら、なにも頑張ってない俺に、『なんで頑張らないの』って言うと思ったんだよね、絶対。でもなかなか言わない。そのうち『アレ、もしかしてうちの親父かよ？』って思ったときさ、もし最後まで言わなかったら、教えてやろうかな、って勝手に賭をしたわけ。で、マジで言わないままだったから。それだけ」

「そ、それだけ、って」

「それだけだよ。別に君が、何か変えたわけじゃないよ。どーせ俺も親父も、利用されて一緒《いっしょ》くたに切り捨てられる結果は同じだったと思うし。あんたに求婚《きゅうこん》しろってどっかのエライ人から言われたってとき、親父は素直《すなお》に金と爵位《しゃくい》〜！　って喜んでたけどさー、俺は『あーなんかヤバそう』って思ったもん。だから、適当に取り繕《つくろ》って帰ろーと思ったわけ」

まったく頭が回らない秀麗以外の全員が、すぐに気づいた。

「八家とか、名実ともにユルギナイ大官とかならともかくさ。反感買ってる君と下手に結婚したら、普通《ふつう》の貴族には負要素だろ。うまく退官に追いこむために偽装《ぎそう》結婚しろっていわれて、結婚しても、君が退官しなかったら？　金と爵位どころか、君ともども切り捨てられるのは目に見えてるだろ。どっかのエライ人は、切り捨てても支障はない一家として、わざわざ俺を選んだわけだ。まー出仕してないから、ツテもないし、絶好の存在だよな……」

やれやれと、蘇芳は首を振った。

「そんで、贋作と、ニセ金だろ。もう出来すぎ。贋作にしてもさ、親父、すーぐ乗せられやすいから、誰かの口車に乗って隠れ蓑《みの》に利用されたって考えるほうがしっくりくるんだよな。なんつーか、その『どっかのエライ人』はホント徹底的《てってい》にうちを利用するだけ利用して金集めてポイだぜって熱意ビシバシ感じられて、ここまできたらもう負けたよ、ってカンジ？」

「……そ、こまでわかってて、どうしてうちにきたのよ！」

「わかってないっつーの。『ヤバそう』ってただの勘《かん》だもん。俺そんなに頭よくねーの。行かなけりゃ行かないで、結局役立たずの烙印《らくいん》押されて切り捨てられるんだろーなってボンヤリ思ったし。あとはやっぱ、母親のあの言葉があったからかなー……」

最後のひと言は、小さすぎて秀麗の耳には届かなかった。

「だから、これは俺が勝手に幕を引いただけ。どーせ遅《おそ》かれ早かれだったろ？」

絳攸と劉輝が目を見交《みか》わす。

「……どう思う、絳攸。なんとかなると思うか？」

「そうだな……。彼が御史台にまだ連絡《れんらく》してないのなら、主上の権限で独自確保して、本当の背後関係を明らかに出来れば、罪が軽くなる可能性は――」

その会話を小耳にはさんだ秀麗は、希望をこめて微《かす》かに顔を上げた。

「……んーと、それ、多分、無駄《むだ》だと思うよ？　だってさー」

他《ほか》ならぬ蘇芳がそう呟《つぶや》いたとき。

いきなり塀《へい》の外に何台もの軒《くるま》が乗り付ける音がしたかと思うと、門から大勢の武吏がなだれ込んできた。

半数が邸内に突入《とつにゅう》し、半数はまっすぐ劉輝たちに気づいて駆《か》けてくる。

劉輝の姿を見て、驚《おどろ》いたように礼をとる。

「──何ごとだこれは！」

「はっ、御史台より命がくだり、捕縛権《ほばくけん》が発動されました。贋作《がんさく》製造及《およ》び贋金鋳造《ちゅうぞう》の罪により、榛淵西及び榛蘇芳の身柄《みがら》をすみやかに拘束《こうそく》せよとのことです」

絳攸が厳しい目で蘇芳を顧《かえり》みた。

「お前が連絡を取ったのか⁉」

「……違《ちが》うって。あのなー、俺、今日まで贋作の件もニセ金の件も知らなかったって言ったじゃん。この件を調べてたっていう監察《かんさつ》御史が俺なわけないだろ。だいたい日がな一日ゴロゴロして出仕してないのに、こんな大仕事くるかよ」

蘇芳に言われてようやくそのことに気づく。どうやら全員知らずに動揺《どうよう》していたらしい。

「失礼します。──命により、賠償金《ばいしょうきん》の一部として、押収《おうしゅう》させていただきます」

武官は手を伸《の》ばすと、蘇芳の耳・腕《うで》・指から銀のタヌキを抜《ぬ》き取り、さらに胸元《むなもと》をひらいて白金の首飾《くびかざ》りまで迷わず探《さぐ》り当てた。これには蘇芳も目を点にした。

「？　なんで知って──あ！　もしかして、あのあやしい露天商《ろてんしょう》が監察御史だったのかよ⁉」

静蘭は舌を巻いた。──そうか！

「押収で賠償に当てられる財産が直前までなるべく減らないように、タンタン君にわざと高額の宝飾《ほうしょく》類を売りつけて、現金を宝飾にかえて身につけさせたわけか……！」

蘇芳はかなり無造作にくっつけていたが、金のタヌキ置物を含《ふく》めて、どれも純度の高い、相当高価な品だ。邸《やしき》を始め、売りにくさを考慮《こうりょ》してさまざま価値が差し引かれることを考えれば、あのタヌキ軍団だけで没収《ぼつしゅう》家産の三割には当たるかもしれない。

——あまりにも、用意周到《しゅうとう》すぎる。担当した官吏は相当な能吏だ。

「欧陽侍郎《じろう》の邸にて、画商及び贋作、また、王商家が代金としてつかまされていた贋金もすべて確保いたしました。碧家のご協力により、近日中に残りの贋作はすべて回収される予定です。また『真筆』の代金として贋金をつかまされたと見られる顧客《こきゃく》には既《すで》にあたり、現在までに九割が回収済となっております。贋金を鋳造していた場所も紫州府に通達、すでに人員ともども身柄を確保してあります。ただ、実際に使われていた偽造極印は、まだ発見されておりません」

秀麗の目がクッと見開かれた。……なに？

「また、碧歌梨さま及び碧万里さまは被害者《ひがいしゃ》として手厚く保護せよとの命にございます」

……どうして……？

「……どうして、そんなことまで、知ってるの……？」

碧歌梨や碧万里がここにいることは勿論《もちろん》、名前でさえ、秀麗たちはさっき知ったのに。何もかも、すべてを監視下に置いて随時《ずいじ》見張り、とっくに見通していたかのように。

劉輝や絳攸も、さすがに顔色をなくした。……聞いてはいたが……。

まるで折り紙でもするかのように、すべてを簡単に折りたたみ、一気に整然と片付けていくこの手際《てぎわ》の良さ。情報収集能力。事後処理を見こした上での完璧《かんぺき》な事前対処法——。

「まさか、これほどとは思わなかった……」

「……これが、今の御史台《ぎょしだい》か」

長官をのぞいて、他はほとんど謎《なぞ》に包まれている監査機関――。

秀麗のことを逐一《ちくいち》見張り、彼女が証拠《しょうこ》をそろえて上申書をしたためて奏上するだろう直前を見極《みきわ》めて、すべての手柄《てがら》を横からかっさらった。秀麗が首を突《つ》っ込んで煙《けむ》たく思うどころか、それさえも捜査《そうさ》に利用したとしか思えない。彼らが欧陽邸《てい》で押収した、羅干親分のもとで保管されていた贋作などは、いかな監察御史とて、あきらめざるをえない類《たぐい》の証拠品だ。

「さあこい」

呆《ほう》けている榛淵西をひったたせたあと、蘇芳にも縄《なわ》がかけられる。

「――ま、待って！　罪の、重さは――」

武官はどうして無関係の女性がここにいるのか不審《ふしん》そうだったが、丁寧《ていねい》に答えた。

「贋金鋳造に関《かか》わった者は、死罪と決まっておりますので……」

きっぱりとした宣言に、秀麗は言葉を失った。

……彼は、本当に、何も知らなかったと、思う。

贋作のことも、贋金のことも。彼は何も関与《かんよ》していない。なのに。

どこかにいる『誰か』に全部押しつけられて切り捨てられようとしてる。

おかしいはずなのに、誰もおかしいとはいわない。

――すべての価値が、逆転する場所。

「……な、言ったろ、紅秀麗。世の中さ、そんなに甘くねーって」

蘇芳の口調は、この期《ご》に及んでもかわらなかった。

「君はさ、自分の正義を信じてればいい。でも、あんまり甘いと、たまにこーゆー事態に遭遇《そうぐう》するってことくらい、覚えておけば、あとでなんかの役に立つかもよ？」

それが揶揄《やゆ》だったのか、素直な忠告だったのか、秀麗にはわからなかった。

『ショーコってやつ。あればイイモノなんだろ』

秀麗にわかることは、自己満足で付き合わせた結果、彼を、父親を逮捕《たいほ》するためのあらゆる証拠《しょうこ》そろえに引きずりまわし、蘇芳は気付かないでいたはずのことに気付き、そして彼の手で、父親と彼自身の幕を引かせるきっかけになったということだ。

秀麗が出世したいといい、せっせとしたためた上申書は、彼の父親を踏《ふ》み台にしたものだったのだ。秀麗が何もしなくても、この結果は同じだったかもしれない。けれど。

秀麗が何も知らずにしゃべったすべての言葉を、彼は、どんな思いで聞いていたのだろう。

「罪は罪、君ならきっと、そーゆーんだろな、紅秀麗。でも今の君、なんかふつーに見える」

蘇芳は笑った。違和《いわ》感を覚えて、秀麗はぼんやりと気づく。これが彼の笑顔《えがお》を見た最初なのだと気づくのに、秀麗はしばらくかかった。

「じゃーな」

そうして、彼は武官に囲まれて去っていった。

秀麗は呆然《ぼうぜん》とその場に立ちつくした。

第六章　甘さと正義

劉輝は難しい顔で、柴凜の報告を受けていた。そばには悠舜と、絳攸と楸瑛がいる。

もともと贋金《にせがね》と碧幽谷来訪の情報は柴凜から受けたものだった。悠舜たちが、幽谷に打診《だしん》して鋳造しにくい新貨幣《しんかへい》の依頼《いらい》をしようと決めたあとは、柴凜から全商連に通達して、判明してもなるべく大事には騒《さわ》がないようにとも頼《たの》んでもらったりもした。

「……やはり……凜殿《どの》のところにもあの晩、監察御史《かんさつぎょし》がきたのか」

「ええ。秀麗殿に頼まれて、作成していた書翰《しょかん》を全部もっていきました。秀麗殿の考えたことで使えそうなものは全部横取りする気で先手を打ってきたという感じです」

秀麗が柴凜に頼んだのは、贋作に使用された料紙・顔料・墨《すみ》・筆など、近頃《ちかごろ》やたら買い占《し》めているような顧客の情報があったら、教えてほしいというものだった。もともと秀麗が問屋を回っていたのは、そういった情報をつかむためだった。

あれだけの贋作を短期間に描《か》くなら、それらの消費量は半端《はんぱ》ではない。描かれた贋作の中には、滅多《めった》に手に入らない高価な顔料を使ったものも含《ふく》まれている。秀麗は、『画商』を探すのではなく、『贋作』のほうから手がかりをつかもうとしたのだ。なんの権限ももたない秀麗ができることは、ツテを使ってそんなふうに外堀《そとぼり》を埋《う》めていくことだけだ。限られたなかで、彼女は最大限に頭と足を使って、使える情報を集めた。

けれど、そのすべてを、御史台は問答無用で残らずかっさらっていった。

「多分、御史台のほうもそんなことはとっくにやってたと思うんですが……まさしく水も漏《も》らさぬ勢いで家捜《やさが》ししていきましたよ」

「わかった。ありがとう」

柴凜は頷《うなず》いて、悠舜と少しだけ目を見交《みか》わし、退室した。

「……金が消えたな……」

絳攸が険しい顔のまま、呟《つぶや》いた。

——贋作・贋金で『誰《だれ》か』が大量にかきあつめていたはずの大金は、どこかに消えてなくなっていたのだ。榛親子の邸には勿論《もちろん》、その件に関しては彼らはまったく知らず、欧陽侍郎の邸でつかまえた画商も、尋問《じんもん》直前に『急死』。口を割らせることはできなくなった。

また、実際に鋳造に使われていた一番出来のいい偽造極印も、見つからなかった。背後で榛親子を徹底《てってい》的に利用していた『誰か』は、画商の口封《くちふう》じをして、大金とともに闇《やみ》にひそんだ。

「まあいい。わからないことを考えても仕方ない。出てくるときにはまた出てくるだろう。とりあえず碧珀明がずっと待っているのだろう？　入れてあげてくれ」

・❋・❋・

（……あー……何日たったのかなー）

蘇芳は真っ暗な牢屋《ろうや》で寝《ね》て起きてを繰《く》り返し、ぼんやりとそう思った。

（……俺、なーんか珍《めずら》しいことしちゃったなー……なんでだろ？）

いまだに、よくわからない。とりあえずタンタンタヌキ軍団お守りの効果はなかった。

（……いーや。寝よ寝よ……）

また図太く寝ようとした蘇芳は、けたたましい足音にちょっと目を開けた。

「……なんだぁ？」

暗い牢に、サッと灯《あか》りがさしこむ。それを手にした誰かが、格子《こうし》をつかむのが見えた。

「タンタン!!　死んでない!?」

顔は見えなかったが、その声と呼び名に、蘇芳は唖然《あぜん》とした。

「……な、何してんだあんたー！」

そうしているうちに鍵《かぎ》が外されたかと思うと、最初に静蘭が入ってきた。

「……もしかして牢破《ろうやぶ》り？」

「んなわけないでしょう。正々堂々と手続きを踏み倒《たお》し——踏んできたんですよ。お嬢様《じょうさま》が、とりあえず君の無罪を立証しようと奔走《ほんそう》しまして。父君はともかく、君のほうは状況《じょうきょう》証拠《しょうこ》しかなかったですからね。ごり押しが通って、釈放《しゃくほう》ですよ。よかったですねタンタン君」

静蘭は笑みを閃《ひらめ》かせた。

「お嬢様を甘く見ないでください。呆然としてたのは一刻くらいでしょうかね。贋作《がんさく》同様、速《そっ》攻《こう》で走り回りはじめましたから、早かったでしょう？　ツテ総動員しましたから。お嬢様に求《きゅう》婚《こん》したのは、君の最大の幸運でしたね。お嬢様と会わなかったら、間違《まちが》いなく死罪でしたよ」

「タンタン～～～！　あんたねぇぇぇ!!」

「いでで!!」

秀麗は突進《とっしん》すると、伸《の》びた無精髭《ぶしょうひげ》をひっぱった。

「ふざけんじゃないわよあんた！　何もしてないくせになんだってひと言も弁解しないのよこのバカ！　タヌキ！　タンタン!!　『やってません』くらい言いなさいよ！　やる気ないのもほどがあるってのよ！　おかげで釈放に時間かかったじゃないの!!」

「いてー！　無罪ってなぁ……」

「だってほんとに何も知らなかったんでしょう？　底抜《そこぬ》けタンタンが気づくはずないわ」

「……まあ、確かに知らなかったけどさー。でも親父《おやじ》のしたことだからなー……」

「わけわかんない言い訳シナイ!!　孝行なら別のとこでしてちょうだい!!」

「……何、別のとこって？」

静蘭はにっこり笑った。

「君は確かに御史台の官吏《かんり》としての地位は剝奪《はくだつ》されましたが、お嬢様と同じ冗官《じょうかん》にはかろうじて残れたんですよ。で、ですね、父君が処刑《しょけい》される前に、君が何かイッパツ大手柄《おおてがら》でも立てたら、それに免《めん》じて恩赦《おんしゃ》が出て減刑される可能性はあります」

蘇芳は目を点にした。……冗官で、大手柄？

「……あームリムリ〜。超《ちょう》むり。絶対無理」

「なんだってそんなにあきらめ早いのタンタンはー！　男を見せてみなさいよ!!」

「……男ねぇ……」

おもむろに下帯をほどきはじめた蘇芳の脳天に、静蘭が闇《やみ》を利用して肘鉄《ひじてつ》をくらわせた。

「……タンタン君、お嬢様にヘンなモノを見せたら、即死《そくし》させますよ、即死。奥歯ガタガタ言わせますよ。だいたい君、見せられるほど自信があるんですか？」

「……だっ、だんだん凶悪《きょうあく》になってくなあんた……」

肘鉄の痛さにしゃがみこんだ蘇芳は、そのまま床《ゆか》に尻《しり》をついた。

「……あんたさー、ほんっと甘いなー。まーたこれで余計煙《けむ》たがられるんじゃないの」

「言ってる意味ぜんぜんわかんないわ。そんなの無実の人の命と引き換《か》えになるほど、たいしたもんじゃないじゃないの」

あぐらをかいて、いつかのように頬杖《ほおづえ》をついて秀麗を見上げる。

「もし俺がさー、ホントにカンヨしてたら、どーしてた？」

秀麗は正直に答えた。

「……そのときになってみないと、わからないわ。お墓に花は供《そな》えに行ったとは思うけど」

「ふーん」

秀麗には、その『ふーん』がどんな意味をもっているのかわからなかった。

頭をさすりながら、蘇芳は立ち上がった。

「しょーもない親父だけど、親父には違いないからなー。絶対ムリだろうけど、まあ、ちょっとくらいなら前向きになってみてもいいかも」

「タンタンそっくりのお父様よね」

「そぉ。マヌケで、肝《きも》が小さくて、利用されてるのにも気づかないんだよなー。もしかして親父、贋作の件もよくわかってなかったんじゃねーのかなって、牢屋《ここ》の中にいるとき、思ったりした」

「え?」

「親父さー、すごい嬉《うれ》しそうに、画《え》を飾《かざ》ってたわけ。ホクホクと。偉《えら》くなるから、芸術を理解できるようにならないとー、とか言ってさー。あれマジだったのかも。大貴族って、囲って新人育てるじゃん? そんな感覚でさ。売買にしても、模写なら罪にならないだろ。親父、ほんとマヌケだから、画商が模写売ってるって信じ込んでてお小遣《こづか》いのたし感覚だったんじゃねーかなぁって。今頃《いまごろ》、膝《ひざ》でも抱《かか》えてしくしく泣いてるだろな……」

でも、と蘇芳は秀麗をみおろした。

「親父が、翰林院《かんりんいん》で書画をちょろまかしてたのは本当だし、いくつかは知ってて贋作描かせてたと思う。ちょこちょこ小さな悪事やって金稼《かせ》いでたし。やっぱ、それは事実なんだよなー」

「……お父様を利用したりしない人のそばにいれば、よかったのにね」

秀麗の言葉に、蘇芳はちょっと目を丸くすると、ああ、と静蘭を見た。

「わかった。あんたが言ってた『ふつー以上』の人生の送り方」

「ほう」

「そりゃさー、自分がふつーでも、『ふつーじゃない』やつのそばにいれば、否応《いやおう》なく巻き込まれて波瀾万丈《はらんばんじよう》な人生だよな。うわー最悪。絶対こんな女嫁《よめ》にしねー」

「タンタン……あなたの書いた超独創的な恋文《こいぶみ》、さらしものにするわよ！」

言った瞬間《しゆんかん》、静蘭が吹《ふ》きだした。

「思いださせないで下さいお嬢様！　冒頭《ぼうとう》を思い出すだけでもお腹が……」

「見せたなあんた！」

「家族だもの。おかげで大爆笑《だいばくしよう》の楽しい一夜を過ごさせてもらったわ。永久保存よ」

「なんて女なんだ！　人が牢屋にいるってのに！」

「あ、そういえばタンタン、自分のお邸《うち》に戻《もど》れるわよ」

「え？」

「賠償《ばいしよう》はね、碧家がいくらか肩代《かたが》わりを申し出てくれたのよ。で、お邸《やしき》だけは返してもらえたから。あの子……万里くんがね、頑張《がんば》ったのよ。遊んであげてたんですって、タンタン？」

「……遊んだっつーか、そこらでゴロゴロしてたら、庭院《にわ》で画描《か》いてたあの子供がよく泣きにきたんだよ。母上がいないーとかって。……そーいや似顔絵も描いてもらったりしたな」

静蘭がちょっと眉《まゆ》を上げた。

「それは、いずれ相当の値がつくかも知れませんよ」

「まあ、しばらくは邸でのんびりしてたら？　寂《さび》しくなったら遊びにくればいいわよ」

「そうですね。万里くんの似顔絵を宿賃にくれたら歓迎《かんげい》いたしますよ」

（オニだこいつ……）

しかし紅秀麗はやっぱり気づかない。

「ほら、タンタンと一緒《いっしょ》だと、静蘭も冗談《じょうだん》なんか言えるくらいおしゃべりになるし」

その言葉こそが冗談に聞こえる。

「やだよ。どーせまた引っ張り回されておっかない家人にタケノコ投げつけられるんだ」

「ええ？　何言ってるの。静蘭はそんなことしないわよ。ねぇ？」

「もちろんです、お嬢様《じょうさま》。何か悲しい誤解があるようですね」

「……あのさー」

蘇芳がさすがに何か言おうとした瞬間、静蘭から殺気を感じて、口をつぐんだ。

（……ああ……長いものに巻かれちゃったぜ俺……）

タンタン、現実の厳しさを知る青く切ない春の日。


「姉たちがご迷惑《めいわく》をおかけして、大変申し訳ありませんでした！」

珀明は入室と同時に、深々と頭を下げた。

「官位剝奪《はくだつ》も覚悟《かくご》しております。どんな処分も甘んじて受けます」

劉輝は苦笑して頭を振《ふ》った。

「いや、今回の件で碧家には事後処理で骨を折ってもらった。むしろ礼を言う」

「とんでもありません。事前に察知できなかった碧家に全面的に非があります」

「それにしても、幽谷殿《どの》が女性だとは思わなかった」

うっと珀明が頰《ほお》を引きつらせた。

「……あの……姉が……何か……失礼なことを言いませんでしたか……？」

劉輝も絳攸も楸瑛もそれぞれ目を逸《そ》らした。そしてそれに関しては何も語らなかった。

珀明はダラダラと冷や汗《あせ》を流した。

（い、言ったな姉さん……!!）

だから嫌《いや》だったのだ！　その才能に反比例するように性格に難アリの幽谷の名声と碧家の名誉《めいよ》をなんとか守るために、徹底《てってい》的な情報規制をしいてきたというのに、すべておじゃんだ。

女の子が大好きで、妓楼《ぎろう》で仕事するのが大好きで、いつも他愛《たあい》ないことで優《やさ》しい義兄《あに》に怒《おこ》って、息子《むすこ》をつれてぶっちぎって好きなとこに行ってしまう碧歌梨。

あの姉を任せられるのは、後にも先にも義兄しかいない。というか、旦那《だんな》になってくれただけで、碧家は滂沱《ぼうだ》と涙《なみだ》を流して義兄に感謝した。そんな日はこないと思っていたのに。

「そういえば、絳攸から、幽谷が次期当主になる可能性があると聞いていたが……？」

「ああ、そうなんです。女性なので、今までは当然外れてきたんですが……同期の紅秀麗が、官吏になったことが、碧家にも少なからぬ影響《えいきょう》を及《およ》ぼしまして……」

珀明はちょっと笑った。

「なら、幽谷が次期当主でも構わないんじゃないかという、話が出始めておりまして。勿論《もちろん》、代替《だいが》わりをするとしても、何十年も先の話ですし、何より画を描くために生まれてきたような姉が、当主業なんてこなすつもりなど毛頭ないのは、誰《だれ》の目にも明らかなんですが……」

一族の頭痛の種なのは間違《まちが》いないが――。

「……夢を、見たくなるんだと、思います。姉は、人の形をした、碧家の宝です」

珀明自身、姉の目に世界はどんなふうに映っているのだろうと、画を見るたびに思う。

千年の才。

すべての雑事など、何もかも霧消《むしょう》するほど、惹《ひ》かれる。

「彼女を生んだのは碧家だと、自慢《じまん》したくなるから、当主にと、思ってしまうんでしょう。頂点に立つ者は最高に優《すぐ》れた人間であってほしいと、思うのが人情ですから。……うちの場合、その秤《はかり》がやたら芸才に傾《かたむ》くんで、幽谷にとかいう案が出るわけですが……実際、義兄《あに》ならともかく、姉が当主になったら、とんだことになるのは目に見えてますし」

「う、うむ、そ、そうだな……」

劉輝など、彼女が当主朝賀にくると思っただけで胃が痛い。ひどいことを言われそうだ。

「ただ、そういう議論が出たことは、評価しているんです。今までは、本当に考えもしなかった話ですから。いつか碧家でも、女性が堂々と、女名で雅号《がごう》を名乗れる日も、遠くないかもしれません。……押しつけられた男名の雅号に、姉は本当に怒っていましたから」

いくら才能があっても、女名では誰も認めない――そう言われたときの姉の顔を、珀明は今でも覚えている。眦《まなじり》をつりあげ、凄絶《せいぜつ》な瞋恚《しんい》に瞳《ひとみ》を染めて――誇《ほこ》り高いあの姉が、泣いた。

幽谷の名で描くことを承知するまで、一切《いっさい》絵筆は握《にぎ》らせないと長老たちに言われ、何もない室に閉じこめられた。指一本動かせないように、食事や排泄《はいせつ》のときでも手足を縛《しば》られた。

一ヶ月、姉は抵抗《ていこう》した。

今の義兄がそのことを知って飛んで助けにくるまで。そうして何も描けずにほとんど狂《くる》いかけていた姉に、義兄が泣いて折れてくれと懇願《こんがん》した。なんでもすると義兄が約束するのと引き換《か》えに、姉はついに、幽谷の名を受け入れることに頷《うなず》き、屈《くっ》した。

出てきた姉の画は、それまでとはまるで変わっていた。

寝食《しんしょく》を忘れて、描きつづけた膨大《ぼうだい》な画、神がかったその才能に、一族中が戦慄《せんりつ》した。

一ヶ月もの間、何も描けずに閉じこめられ、手足を縛られ、たった一人、闇《やみ》の中で姉が何を思っていたのかはわからない。けれどそれが、皮肉にも千年に一度の才を開花させた。

それが、碧幽谷の画の真実。

姉があんなふうな性格になったのも、あの件が関係しているのだろうと、思う。

そんな姉が男として愛するのは、間違いなく後にも先にも助けにきた義兄ただ一人。

珀明は、姉を助けられなかった。

けれど、姉を当主にと、いう意見が出たとき、あの過去が一気に遠くなった気がした。

女である碧幽谷を、ついに碧家は認めようとしている。

「……紅秀麗の存在は、それだけで様々に影響を及ぼします。その良し悪《あ》しを論じる者は多いかと思いますが……私個人は、男とか、女とか、そんなことは些細《ささい》なことだと、思ってます。良いものは誰が何と言おうと良い。碧幽谷が女と知れて画《え》の価値が下がることがあるなら、それは世の中が間違ってると、断言できます。姉の画は――そんなものに左右されはしない。姉も、その手から生まれいづるすべてのものも、碧家が誇る、最高の『碧宝』です」

ですから、と珀明はつづけた。

「さしでがましいと思われましょうが、紅官吏《かんり》に対して、ご一考願いたいと思っております。志に性の別がありましょうか。彼女には、官吏の志があります。官吏としての価値は、それだけで充分《じゅうぶん》ではないかと、思っています。よろしくお留め置き下されば と……」

劉輝は微笑《ほほえ》んだ。

「わかった。心に留めておく。そういえば、どうして歌梨殿は余が王だとわかったのだろう」

珀明はこともなげに答えた。

「ああ、骨相で。名家なら顔を見ればたいがい、どの家とどの家の血を継《つ》いでいるのかはわかりますから。姉は観相もしますし。……もし陛下が偽名《ぎめい》を名乗っていたら、間違いなくとっと見切り付けて帰ってたと思います……」

危なかった、と劉輝は冷や汗を流した。

「それと、翰林院《かんりんいん》図画局の長官の座が空いているので、できれば幽谷殿にと思っていたのだが……やはり無理だろうか……」

「……そう言われたら、こう言え……いえ、こうお伝えして下さいと、言われておりまして」

「うむ。何か条件が？」

「……姉の言葉をそのままお伝えいたします。『ホホホホホ！　朝廷《ちょうてい》に紅秀麗ちゃんみたいなかわいい女の子官吏がたくさん増えたら考えてあげてもよくってよ！』だそうで……」

劉輝も絳攸も楸瑛もしばらく無言だった。

息子を取り戻《もど》し、ようやく落ち着いた歌梨は、ものすごくキラキラした目で秀麗を見つめ
「やっぱり、思った通りなんてカワイイ娘《こ》なの！」とべたべたさわりまくった。

迎《むか》えにとんできた旦那などは「なんでもするって言ったのに、どうしていつもいつもこんなに見つけるのが遅《おそ》いの!!　愛がたりなくってよ!!」などとかなり邪険《じゃけん》に追い払《はら》っていたのに。

「……なんか、やたら紅官吏を気に入っていた……な」

「……ええ……実は秀……いえ、紅官吏はもろに姉の好みにぴったりなんです……なんか、かわいすぎたり美人すぎたり胸が大きすぎたりしないところがいいらしいです……」

それは褒《ほ》め言葉なのだろうかと、劉輝は思った。

「……碧幽谷は、絶対男の肖像画《しょうぞうが》を描《か》かないことで有名だったが……やはり……」

「も、もう、理由は、おわかり、かと、存じます。あ、ですが陛下の画は、気が向いたら描いてもいいと申しておりました」

「本当か？」

「ええ……本当に珍《めずら》しいことなんですが……身内以外で描くのは初めてかと思います」

珀明は首を捻《ひね》った。珍しいこともあるものだ。

「では、その気になったら、ぜひ頼《たの》むと、お願いしておいてくれ」

「わかりました」

碧珀明が退出したあと、劉輝は絳攸を見上げた。

「良い配下を、もてたな、絳攸」

「ええ。なかなか見込みがあります」

絳攸の自慢そうな表情に、劉輝も笑った。


数日後――。

「……よぉ」

どこかばつが悪そうに邵可邸《てい》にやってきた慶張を、秀麗は笑って迎えた。

「いらっしゃい、三太。なに、文《ふみ》の時間よりだいぶ早いじゃない」

「ああ、うん、ちょっとな。……こないだの話のつづき、しにきたんだけど」

ひらいた窓から、やわらかな春の風がさしこむ。

慶張は息を吸った。

「俺の嫁《よめ》になってくれ」

秀麗は目を閉じて、その声を聞いた。

……多分、はじめてかもしれない。何も考えずに、その言葉を聞いたのは。

いつのまにか、そのくらい秀麗の周りは、ゴチャゴチャと複雑になってしまった。

「ありがとう、三太」

ふ、と、慶張は息を吐《は》いた。その言葉に含《ふく》まれる他《ほか》の意味を、察して苦笑いする。

「……でも？　っていうんだろ」

その言葉に、秀麗は是《ぜ》とも否とも言わなかった。

「……ねぇ三太、こないだあんたに言われた言葉は、ものすごくまっすぐで、なんの飾《かざ》りもなかったから、胸にきたわ。そりゃもうぐさっとね」

「訂正《ていせい》しないぞ」

「わかってる。私も、否定するつもりはないわ。正しいと思う」

「そんでも、官吏がいいっていうのか？」

秀麗は劉輝を思いだした。彼や——紅秀麗という一人の官吏を信じて、すべてを託《たく》して、あらゆる無茶を叶《かな》えて送り出してくれた、高官たちを。

……色々、説明しようと思っていた。何もかも奪《うば》われたわけじゃないとか、利用されてもいい理由とか、王の判断が間違っていないとか、理解できるとか、何か優等生の答えを。

でも、三太のまっすぐな目に、すべての飾りをはずした答えがころがりおちた。

「私は、王の官吏でありたいの。今はただその道を、歩き続けられるだけ、歩きたいの」

慶張は目を閉じた。……団子屋で、話を聞いたときから、本当はわかっていた。

「だから三太」

「いや、その先は聞かない。答えは保留にさせといて」

　秀麗の目が点になった。

「……保留？」

「言うと、卑怯《ひきょう》だから、言わなかったんだけど、俺、今日これから茶州に発《た》つんだ」

「は⁉　な、なんで⁉」

　慶張は、懐《ふところ》から出した書翰《しょかん》を、ひらひらとふった。

「お前のせいでもあるんだぜ。少し前、茶州府通じて医者たちから全商連に要請《ようせい》があったんだよ。消毒に適した酒を開発してくれる若手の研究者が欲しいっていう。酒って、種類によって薬効も色々あるから、そっち方面でも調べたいらしくて、それ聞いて応募《おうぼ》してみたら通ったんだよ。これがその通知。例の学舎ができたらそのまま研究者として入るかもしれない」

　ふと、柳晋が学舎の話を聞いて、表情を変えたことを思いだした。……柳晋は、その話を聞いていたのかも知れない。

「お前が頷《うなず》いたら、このまま邵可おじさんと、……一応静蘭にも殴《なぐ》られるの覚悟《かくご》で挨拶《あいさつ》行って、茶州に一緒《いっしょ》に連れてくつもりだったんだけど、ダメって言われそうだったら、このまま聞かなかったフリして、トンズラするつもりで、わざわざ狙《ねら》ってきたわけ」

「？　な、なんで？」

「そう簡単にあきらめるつもり、ないし。お前にもっと釣《つ》り合う男になったら帰ってくる。って言ったらカッコ良すぎ？　ま、俺がここまで言ってもダメだったってことは、どーせお前、当分結婚《けっこん》する気ないんだろ。だから別に待ってろとは言わないけどさ」

　慶張は、背にしょっていた背嚢《はいのう》から、中くらいの箱をとりだした。

「――これ、お前にやる」

「……なに？」

「酒。俺がはじめてつくったヤツ。お前に最初にやるよ。とっとくなよ。呑《の》めよな」

　秀麗は目を瞠《みは》った。……次いで、心に落ちてきた優しい雫《しずく》に、目を閉じる。

　……形のない贈《おく》り物は、はじめてかもしれないと、思った。

「……ありがと、三太」

　この言葉に、慶張は片眉《かたまゆ》を上げた。

「いっこだけいわせろ。今度帰ってきたら、いーかげん、名前で呼べよな。――じゃな」


「……驚《おどろ》きましたね。タンタン君よりよっぽど手強《てごわ》い求婚者ではありませんか」

　静蘭の言葉に、秀麗はうーん、と目を上にした。タンタンはだいぶ規格外だと思う。

「ね、静蘭。……もし挨拶に行ったら、慶張、殴ってた？」

「当然ですね。半死半生にします」

　タコ殴りに殴る気満々だ。

「……静蘭、怒《おこ》ったら怖《こわ》いものね。相手の人のためにも、結婚しないほうが無難だわね……」

何気ない秀麗の言葉に、静蘭はふと顔を上げた。

それでも、意味は訊《き》かなかった。静蘭にとって、邵可と、秀麗と、三人の今が幸せなのだ。

今の静蘭は、大切なものがたくさんあるから、慎重《しんちょう》になる。

昔のように、刹那《せつな》的に生きて、何かをとって何かを失う生き方はしない。

「……お嬢様《じょうさま》、昔の言葉を、覚えてますか」

秀麗が、まだ女性が国試を受けられないとは知らなくて、官吏《かんり》を目指して邵可について一生《いっしょう》懸命《けんめい》勉強していた頃《ころ》。

「『私は末は宰相《さいしょう》になるから、静蘭は将軍になって、王様のお尻《しり》ビシバシ叩《たた》いて、二人で国をまもるのよ！　だから静蘭、頑張《がんば》って出世するのよ！』っておっしゃったこと」

「……。……。……い、いった、かも…………」

「私は、ちょっと迷っていたんですけれど……」

静蘭が清苑《せいえん》公子であるという事実は、消えることはない。

劉輝のそばにいるにしても、どの程度までの距離《きより》を保てばいいのか、迷っていた。

それでも、劉輝がしっかり立てるのなら、距離を置いて、見守るという道もあったが。

「なんかこう、任せられないといいますか、見てられないといいますか……」

「え？」

「もう少し、出世してもいいかと、考えまして」

秀麗の顔がパッと輝いた。

「──すぐに野菜からお肉主体の食卓《しょくたく》に切り替《か》えるわ！　家計簿《ぼ》見直して──あ、でも、忙《いそが》しくなって、あんまりご飯一緒にできなくなったりするのかしら」

「あ、それは大丈夫《だいじょうぶ》です。お嬢様がお邸《やしき》にいるときは絶対帰ってきます。どんな手を使っても。……なんだか、予想以上にルンルンしてますね」

「だってこれでようやく私も父様も、お荷物じゃなくって静蘭と並んで歩けるもの」

なんでもないように言った言葉に、静蘭は軽く息を呑むと、ゆっくりと吐《は》いた。

……本当に、敵《かな》わない。

守るという名分を失って、閉じていた殻《から》を破れば、世界はずっと広かったような気分だ。

守ってかばうより、自由はずっと広がった。一緒にいたければ、並んで歩けばいい。

たとえば秀麗が宰相で、静蘭が将軍で。背中を預け合える未来も描《えが》けるところ。

（……それも結構いいな）

相手が燕青より、よっぽどいいと静蘭は思った。

「そういえばお嬢様」

「うん？」

「お嬢様が求婚を断って、ちょっとホッとしてます」

秀麗は照れて笑った。

「口がうまいわね、静蘭」

終章

秀麗から文《ふみ》を受け取った劉輝は、その日時通りに邵可邸《てい》を訪《おとず》れた。

「いらっしゃい」

秀麗はやってきた劉輝を、笑って迎《むか》えた。一緒に供をしてきた楸瑛と絳攸は、素知らぬ顔でさりげなく二人から離れた。

「待っててくれて、ありがとう」

劉輝には、それがあのたった一行の文のとおり、『桜が咲《さ》くまで』ただ待っていたことなのか、茶州でのことなのか、わからなかった。どっちもだったかもしれない。

――桜が咲くまで。

それは裏返せば、咲いたら、必ず連絡《れんらく》をするから、それまで待っていてという、こと。

茶州の件、謹慎《きんしん》の件――この一年、あまりにも多くのことがたてつづけに起こりすぎた秀麗が、ようやくもてた静かな時間の中で、一人で何を考えていたのかは、劉輝にはわからない。

劉輝にわかるのは、自分の心と、自分がしたことだけだ。

「……桜が、咲いたそうだな」

「ええ。みっつだけだけれどね」

そうして、みっつだけ咲いている小さな桜の木に歩いていった。

その様子を見て、胡蝶にくっついて嬉々《きき》とやってきた歌梨と万里の目が、少し変わった。

無言で、歩く二人の姿をじっと見つめながらそれぞれ筆をとる。

そのことに、劉輝と秀麗は気づかない。

劉輝は溜息《ためいき》とともに言葉をこぼした。

「……余は、謝れないのだ」

「ええ。その必要はないわ」

「謝れないが、必要があったら何度でも同じことをするかもしれぬ」

「わかってる。それが王様のお仕事だもの」

優等生の官吏の答えに、劉輝は少しだけ目を閉じた。

「――では、ここから先は、紫劉輝だ」

顔を上げて、秀麗を見る。そして、ずっと考えていた台詞《せりふ》を、微《かす》かに笑って、告げた。

「……私は、王をよく知っている。言いたいことがあるなら、伝えてやる」

秀麗は思わず目を丸くした。さすがに、その台詞は、予想外だった。

——二年前の、桜の下。

初めて会ったときの、その言葉を。

ここで言うとは思わなかった。

気づけば、秀麗の頰《ほお》はゆるんでいた。

サッと劉輝のほうを向き、腰《こし》に手を当ててみせた。

「いいのね？　後悔《こうかい》しないわね？　本当に言っちゃうわよ？」

「うむ。どんとこいと言っていたから、遠慮《えんりよ》なくくるのだ。私がちゃんと伝える」

「伝えたら、あなたの首が飛んじゃうかもしれないわよ」

「今の王様は大変寛大《かんだい》で立派だそうだから、まったくそんな心配はいらぬ」

しかつめらしい顔の劉輝に、秀麗もわざと真面目《まじめ》な顔をして、咳払《せきばら》いした。

「わかったわ。じゃ、こう伝えてちょうだい」

秀麗は息を吸い込み、思いっきり叫《さけ》んだ。


「『こんちくしょー！　謹慎？　ふざけんなよ‼』」


……それを耳にした、その場の誰《だれ》もが静まり返った。

タンタンは今頃くしゃみをしているかもしれないと思いながら、秀麗は笑った。なかなかいい言葉を教えてもらった。色々なものが全部詰《つ》まっていて、叫べば昊《そら》に放《ほう》り出せるような。

「これでいいわ。これで全部帳消しよ。そう王様に伝えてちょうだい」

劉輝は目を瞬《しばたた》いた。……もうちょっと、怒濤《どとう》のように何か言われると思っていたのに。

「それだけでいいのか？」

「いいわよ。あとは私が一からまた頑張るだけだもの。何度だってそうするわ」

何度だって、そうして越えていく。だから。

あなたは何も気にする必要なんてないと、秀麗の鮮やかな笑顔が告げる。

「それより、せっかくつくった約束の茶州の料理が冷めちゃうけど、いいの？」

劉輝は慌《あわ》てた。

「いや、いかん。食べる。……からい大根は？」

「入れてないわよ」

「二胡《にこ》は？」

「好きな曲を弾《ひ》いてあげるわ」

「散歩は？」

「この庭院《にわ》の中なら、つきあってあげる」

「嫁《よめ》は？」

「約束した覚えはトンとないわね」

チッと劉輝は心の中で舌打ちした。

聞いていた胡蝶が弾《はじ》けるように笑いだした。

「やーっぱり秀麗ちゃんは大物になるねぇ」

歌梨と万里が一心不乱に絵筆をすべらせ、何枚もの料紙に画《え》を描《か》いていく。

「……そういえば母上」

「なあに」

「こないだの雅号《がごう》……僕『碧歌梨』がいいなって、ずっと思ってたんだ。いい？」

その言葉に、歌梨と歌梨の夫の欧陽純《じゅん》は瞠目《どうもく》し——歌梨はくしゃくしゃになる顔をおさえ、万里の頬をつねった。

「……生意気だわ！　きっとあなたの血のせいね、この唐変木《とうへんぼく》！」

キッと旦那《だんな》の欧陽純を睨《にら》み付けると、照れ隠《かく》しのように絵筆を走らせる。

そんな歌梨を描こうと欧陽純が筆を手にとると、ぴしゃりと歌梨に手を叩《たた》かれた。

「わたくしの画は勝手に描かないでって約束したでしょう!!　あなたはわたくしと万里に歌でも歌ってればよろしいのよ!!」

欧陽純は歌才はかなりのものだが、画は確かにへたくそだった。しかしなぜそんなに描いてはいけないと言われるのか、彼は未《いま》だにわからない。せっかくいい表情《かお》をしているのに。

「……なんでダメなのかなぁ……」

「あのね、父上が描くと、母上の『本当』が画に写しとられちゃうからだよ。いつもいばってるのが嘘《うそ》だってバレちゃうから、母上が嫌《いや》がるんだ」

「万里！　余計なことを言うんじゃなくってよ!!」

「ふーん。そんなの、とっくにばれてるのにねぇ」

欧陽純があっさりそういうと、歌梨は手にした文鎮《ぶんちん》で旦那を殴《なぐ》った。

——世にまれなる二人の画師によって描かれたこの画が日の目を見るのは、まだ先の話。

・❋・❋・

「わかった。——ご苦労。下がってよい」

彼がそう配下に告げたとき、誰かがいきなり入ってきた。

楽しげな声で名を呼ばれ、男は決裁していた書翰《しょかん》から顔を上げた。歳《とし》は三十代後半、冬のように冷ややかな双眸《そうぼう》は、ともすれば光の加減で灰色に見えるほど色素が薄《うす》い。

「皇毅《こうき》、入るよ」

「晏樹《あんじゅ》……俺の仕事は知っているだろう。いきなり入ってくるなと何度言ったらわかる」

「長い付き合いでも官位が上の僕に対してその口の利《き》き方はいけないね。おや、先客か」

晏樹と呼ばれた男は、同じ年の頃《ころ》でも対照的にそこにいるだけで明るく華《はな》やぐような雰囲気《ふんいき》をまとい、くるくる明るく色を変える瞳《ひとみ》には、いつも皇毅にはない茶目っ気があふれている。ゆったりとした口調も仕草も態度も、官位に似合わぬ気楽さがあるが、それでも浮《うわ》ついた感じがしないのは、土台にあるのが高い知性と教養だと端々《はしばし》の言動から知れるからだ。

そのときまで皇毅と向かい合うようにして仕事の報告をしていた男が、晏樹に向かってスッと一礼すると、入れ違《ちが》うように出て行った。

「……で？　何の用だ」

「上司が、君によくやったってさ。冗官《じょうかん》なら何もできないだろうと気を抜《ぬ》いてたのに、今回また危なかったから不機嫌《ふきげん》でね。どうでもいいけれど、君のその無表情、もう少しなんとかならないかな。気分転換《てんかん》にきたのに、ますます嫌になるんだけれど」

　やれやれと首をすくめた幼なじみにも、皇毅は眉《まゆ》一つ動かさなかった。

「まったくどうでもいい話だな。他《ほか》を当たれ。単なる仕事をしただけだ」

「はいはい。君もね、国試派官吏《かんり》への態度、もう少しやわらかくしてほしいんだけど。そうすれば僕の気苦労も少しは減るのに。国試派と貴族派の間を一生懸命《いっしょうけんめい》取り持ってる僕のことも少しは考えてくれないかなー……」

「知ったことか」

「そう言うと思ったけど、本当に言ったね君……ああ僕の受難はまだまだつづくのか……」

　ぶつぶつこぼす愚痴《ぐち》さえ、彼にかかると明るく聞こえる。

「正直、僕は結構気に入ってるんだけれどね、彼女」

　皇毅が氷のような目をチラリと向けても、慣れている晏樹は笑うだけだった。

「頑張《がんば》ってる娘《こ》は、好きだから」

「……なら、お前の嫁《よめ》にでもとったらどうだ？」

「おっと、君の口からそんな言葉が出るとは。彼女、十八だったっけ。僕の歳で迎《むか》えたら幼妻っていわれるのかなー……。ああフクザツ。もうそんな歳になっちゃったとは……」

皇毅は初めて小揺《こゆ》るぎもしなかった眉を片方上げ、晏樹を見た。

「お前はまったくよくしゃべるな。で？　旺季殿《どの》は次の一手を打ったのか」

「今頃《いまごろ》宰相《さいしょう》会議で提案してる頃だと思うよ」

『一手』を聞いた皇毅は、やはりまったく表情を変えなかった。

「……ほぉ、面白《おもしろ》いな」

そして、ただそれだけ呟《つぶや》いた。


「むむむむー。このままではいきませぬ……」

宰相会議の行われる政事堂にテクテク歩きながら、羽令尹はモコモコの眉の下にある目をキラリと光らせた。どんなにどんなに追いかけてもぶっちぎられつづけているこの現状。

「わたくし一人では、若く背も高く足も速い主上になめられてしまうのは道理……」

なめられるどころか、机案《つくえ》の下に隠れるほど恐《こわ》がられていることを知らないうーさまである。

「ここはやはり、ガツンと思い切った先手を打たねばなりませぬ。ガツンと」

羽令尹は決意も新たに先手を考えた。自分が仙洞《せんとう》省の次官なのも問題なのかもしれない。

仙洞省長官職・仙洞令君が非常駐《ひじょうちゅう》の官なのは、ある特別な資格が必要だからなのだが――。

「……やはりここは、空位の仙洞省長官、仙洞令君の招聘《しょうへい》を――」

・❋・❋・

その日の宰相会議は、門下省長官である旺季が静かに口火を切った。

「私から、一つ提案があります」

とん、と旺季の指が机案をひとつ、打った。

「鄭尚書令《しょうしょれい》の、こないだの十箇条《かじょう》、私も少々考えました」

悠舜の目がふっと旺季に向けられる。

「なかでも、無駄《むだ》な官の廃止《はいし》——確かに、もっともですな。無駄な食い扶持《ぶち》が減れば、戸部の財政も浮《う》きます」

何を言いたいのか察して、劉輝はぐっと唇《くちびる》をかみしめた。

旺季は、ゆったりと微笑《ほほえ》んだ。

「現在冗官である官吏の、一斉退官及び処分を、提案いたします」

その日、秀麗はしまっておいた官服一式をとりだした。それぞれ袖《そで》を通すごとに、徐々《じょじょ》に顔つきが引き締《し》まっていく心地《ここち》がする。最後に帯留めをシュッとしぼれば、ゆるんでいた最後の心の糸が、ピンと張りつめた。葛籠《つづら》に残っているのは、あとは〝蕾《つぼみ》〟の簪《かんざし》ひとつ。

手を伸《の》ばし、髪《かみ》を結《ゆ》おうとしたとき、静蘭が書翰《てがみ》をもって入室してきた。

「お嬢様《じょうさま》、お支《し》度《たく》中に申し訳ありません。城から書翰が届きまして――」

「ええ？　せっかく待ちに待った謹慎《きんしん》解禁日だっていうのに、わざわざなんなのかしら。あ、ま、まさか、登殿《とうでん》禁止延長しますとかの申し渡《わた》しとかじゃないでしょうね……」

まるで不幸の書翰《てがみ》でももらったかのように、秀麗はおそるおそる文《ふみ》をつまみあげた。

ひらいて目を通し――一拍《いっぱく》。

「……な、な、な、なぁんですってぇえええええ――――――っっっっ!?」

＊

同時刻、まったく同じ文が届けられた蘇芳は、読んだあとにかりこりと頰《ほお》をかいた。

「…………あーあ……やーっぱり世の中甘くねぇなー…………親父《おやじ》悪《わり》ぃ。先に謝っとくぜ」

あとがき

こんにちは、コタツのしまえない三度目の夏を迎《むか》え、記録更新《こうしん》した雪乃紗衣《ゆきのさい》です。……なんだろう……別にアラスカに住んでいるわけでもないのに、一年で九ヶ月もコタツと共に過ごしてるなんておかしい気がするけど……気のせいかな、ウン（↑まっとうな判断力低下）。

――さて今巻ですが、……なんだかまたイロイロ増えました……としか……（汗）。既読《きどく》のかたは「……ナゼにタイトルが『紅梅』？」と疑問を抱《いだ》かれるかと……。ヒントは秀麗と、今回の影《かげ》の主役（？）の名前にあります。忘れていなかったら、ネタばらしは次の巻の後書きで。でも古語辞典をひらけば、イッパツです。よろしければめくってみてくださいませ。

しかしサブタイトル……まさか八色一巡《いちじゅん》すると思わなかったので、そのツケが……ぎゃー。『彩雲国物語9』でいいじゃないですか」と言い張った私。この先おかしな色タイトルが出たら、その時は「ムリしてるな」と笑って、生温かくスルーしてやってください……。

今回の表紙はひとしお感慨《かんがい》深いものがありました。一巻と対《つい》になる装《よそお》いですが、並べてみると、……大人になったな、と。言葉にできない歳月を、一枚の絵ですくいあげてくださる由羅先生には本当に敬服します。由羅先生は勿論《もちろん》、担当様、そして何より、支えてくださる読者の皆様《みなさま》へ改めて感謝を捧《ささ》げます。――それでは、また次の機会にお会いできますよう……。

雪乃紗衣

BEANS BUNKO

「彩雲国物語　紅梅は夜に香る」の感想をお寄せください。
おたよりのあて先
〒102-8078　東京都千代田区富士見2-13-3
角川書店ビーンズ文庫編集部気付
「雪乃紗衣」先生・「由羅カイリ」先生
また、編集部へのご意見ご希望は、同じ住所で「ビーンズ文庫編集部」
までお寄せください。

彩雲国物語《さいうんこくものがたり》　紅梅《こうばい》は夜《よる》に香《かお》る

雪乃紗衣《ゆきのさい》

角川ビーンズ文庫　BB46-11　14376

平成18年9月1日　初版発行
平成18年10月20日　3版発行

発行者――井上伸一郎
発行所――株式会社角川書店
東京都千代田区富士見2-13-3
電話／編集（03）3238-8506
営業（03）3238-8521
〒102-8177　振替00130-9-195208
印刷所――暁印刷　製本所――本間製本
装幀者――micro fish

ISBN4-04-449911-X C0193 定価はカバーに明記してあります。